铁牛重现

坏种子

TIENIU CHONGXIAN
HUAI ZHONGZI

 著

北京联合出版公司
Beijing United Publishing Co.,Ltd.

那多（男一号）
　　晨星报社记者，强烈的好奇心和对任何事物的怀疑态度，以及记者的身份，使他常常接触到这个世界被隐藏起来的另一面。平心而论，称他为冒险家比称他为记者更合适。

梁应物（男二号）
　　那多的好友，双重身份。表面上是某大学教师，事实上是位具有哈佛生命科学博士与斯坦福核子物理硕士学位、为神秘机构X工作的研究员。为人严肃又极具理性精神，尽管是那多的好友，却从不因公废私。

何夕（《亡者低语》）
　　兼具美貌与智慧的荷兰籍华人，范氏病毒的权威研究人员。在《亡者低语》里，她被病毒感染，体内形成了具有自我意识的太岁。她是那多深爱着的女人。

系列人物档案

《铁牛重现·坏种子》

路云（《凶心人》）

在《凶心人》中以大学生的身份登场，实为中国神秘幻术一脉的当代传承者。幻术大成之后，她具有惊人的美貌，但这份美貌的真实成分有多少，永远不会有人知道。

水笙（《变形人》）

听起来像是鲁迅小说里人物的名字，实则暗示了其非同一般的身份。在《变形人》里，为了爱情，他忍受了数十年痛苦的陆上生活，最终如愿以偿转变成人类，和苏迎在地球的某个角落幸福地生活在一起。

苏迎（《变形人》）

与她接触越多，谜团越多的女子。到底是她精神分裂，还是其言确有其事？

叶瞳（《坏种子》）

某机关报社美女记者，具有比那多更强烈的好奇心，这让她往往对一些事情做出过于夸张的猜想。其出身颇为神秘，在《坏种子》的故事中有更详细的描述。

夏侯婴（《幽灵旗》）

三国时期夏侯家族的后裔，懂得曹操墓中暗示符。在《幽灵旗》中曾被暗世界的D爵士邀请参加在尼泊尔举行的非常人类的聚会（非人协会），在那里遇到已中了暗示的那多，并成功将其救治。在《暗影38万》中受到海盗王之子郑余的邀请上羿岛基地，为那些具有意念移物这项超能力的人做自信的心理暗示。

卫先（《幽灵旗》）

出身盗墓世家，行走在地下世界的历史见证者。在《幽灵旗》中，为夺"天下第一"的称号不惜铤而走险，最终死于曹操墓中的暗示里。

卫后（《神的密码》）

出身盗墓世家，行走在地下世界的历史见证者，卫先的胞弟。被称为"盗墓之王"卫不回之后年轻一代中最具才华天分的盗墓者。

六耳（《返祖》）

原名游宏，同那多一起游玩于福建顺昌时被导游起名"六耳猕猴"。机缘之下，出现返祖现象，全身长毛，毛发可随心所欲地变幻出各种形态，有如齐天大圣的七十二变。

X机构

一个不为世人所知的、官方的、庞大的地下机构，专门调查和研究一切大众认知以外的事件。其成员大多是一流的科技精英，也聚集了一些传承古老中国的神秘势力。总之，关于这个机构，我们不了解的永远比了解的多。

注：人物后面的作品名为该人物首次出场亮相的作品。

铁牛重现　　CONTENTS

楔　子　　001

从 2002 年 11 月 13 日起，中国将对世界上现存最古老的水利工程——都江堰，进行为期 42 天、耗资 3000 万元的断流维修。千古名堰的"心脏"部位河底将与人们见面，作为都江堰鱼嘴的铁牛和铁龟的去向却成了千古之谜。

第一章　破土　　005

当时我已确信合龙一定会成功，而铁龟、铁牛多半也会找到的，只是时间早晚的问题。万万没想到会那么快，更没想到，这个消息，我本有机会比俞老先知道……

第二章　乱流　　022

我和绝大多数人一样，没有经历过一觉醒来发现一切都和自己记得的不一样的情况，但我知道这种感觉一定分外痛苦，似乎自己被这个世界抛弃了。

铁牛重现

第三章　回峰　　　　039

　　我当场呆掉，心想自己太傻了，怎么把这么重要的问题给忘了？！所以说把还没想清楚的问题、刚产生念头就讲给人听，是极其危险的，搞不好就要被人嘲笑！

第四章　歧路　　　　062

　　就如打枪战游戏时，正换着子弹，面前却出现两个以上的敌人，此时明明知道骂一句于事无补，可是除了骂这一句之外，确实已经没有其他什么事情可做了——我当时的心情便是如此。

第五章　异遇　　　　083

　　此时我已经决定，无论自己是要继续在这个现实里待下去，还是准备离开这个地方，都该先到江边看看铁牛。

铁牛重现

尾 声　　　102

"你是那多吧？我是X。会不会打篮球，要不要过来挑一下？"

阳光下，我突然笑起来。

生命于我只有一次，我不希望它有任何不明不白。

他奶奶的，管他呢！

我站起身，边脱衬衣边随着X朝最近的篮球架走去。

坏种子

楔　子　　　　　105

颇有争议的青海"外星人遗址"将迎来首批专家学者对它进行深入研究。曾到过"外星人遗址"的杨戟认为，从天文学的角度看，包括白公山在内的青海很多地方都是科学研究和实验的理想场所。

第一章　不合常理的铁器　　　108

编号为三号的坑边上，吴教授示意大家可以触摸一下那堆东西。我蹲下身，碰了碰，然后捻了捻手上沾的黑色微粒，又放到鼻子前闻了闻，果然是铁锈的味道。

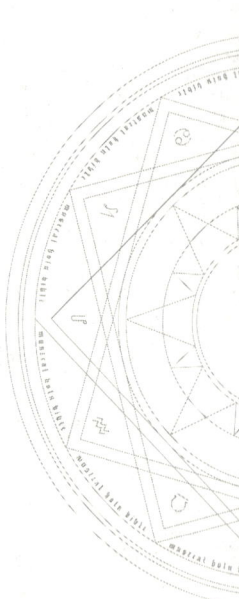

第二章　外星人遗址　　　122

远远望去，高出地面五六十米的黄灰色的山崖犹如一座金字塔。在山的正面有三个明显的三角形岩洞，中间一个最大，离地面2米多高，洞深约6米，最高处近8米。

坏种子

第三章　降魔勇士　　　131

　　羊皮卷共有五张，已经变得相当干燥，发黄发脆，必须极小心才不至于损坏。看上去，这是几百年前流传下来的古物。

第四章　圣室　　　140

　　我们继续向前走，路开始变得倾斜，似乎是通往地下。走出十几步后，这条通道似乎深不见底。叶瞳开始害怕起来，我也不愿在我们找到"圣室"之前就陷入危险中，于是我们回头。

第五章　"母体"　　　149

　　有没有看过一部叫《不死劫》的影片？与之类似，我们相信遭遇超自然事件的概率与个人的特殊体质有关，也就是说，它在偶然性中包含有一定的必然性。

坏种子

第六章　史前文明　　　　157

　　我们且不论他们留下的技术痕迹——铁器、花岗岩壁刻，甚至是飞船本身，单就"神谕"这一点来看，他们就像儿戏一样玩弄我们于股掌之中……

第七章　撤离　　　　165

　　通道的那一头似乎是一个巨大的空洞，回声进入这个空洞渐渐变得渺茫，以我们头盔顶灯的光线强度无法判断空洞有多深，洞底有什么。空间上的反差与黑暗同时逼迫着我们，让我们深感不安。

第八章　坏种子　　　　175

　　100万年前，那是因为当时地球上已经布满了"坏种子"的分支，情况已经不受控制，若是在全球范围内那样做只会毁了地球；而8000年前，那是因为他们在这里发现了新人类文明的萌芽！

坏种子

第九章　软禁　　　　185

没想到我们两个老同学在出生入死后的又一次重逢，竟然会搞成这个样子。我和叶瞳携带的笔记本电脑、数码相机、手机、微型对讲机，甚至收音机、Discman 和纸笔都被没收了。

第十章　神秘消失的族人　　　194

地下室中的神龛也不见了"神盒"的踪迹，连天井中篝火的灰烬也都已经被风沙吹尽。那场庄严的祭祀、奶奶那布满皱纹与斑点的脸，仿佛都只在梦中出现过，叶瞳曾为此伤感不已。

尾　声　　　207

就在我以为终于可以解开心中的郁结、轻松一下的时候，那该死的、藏身于我办公桌上杂物深处的电话再次响起："那多，好久没联系啦，你身体好点了没？我和朋友约好下星期出发去西藏，你一起去吗？"——叶瞳的声音。

还记得吗？我对你说过，好奇心是一种极其有害的情绪……

铁牛重现

楔　子

　　从2002年11月13日起，中国将对世界上现存最古老的水利工程——都江堰，进行为期42天、耗资3000万元的断流维修。据介绍，都江堰灌区内江段已经10年未断流，内江总干道河段存在一定的淤积，沿岸大量渠道及供水设施陈旧，已影响到宝瓶口引水，需要清淤维修。

　　在三峡截流工程刚完成不久，另一场风格迥然不同的截流大战在岷江展开，它完全是用人力完成的，再现了古代人拦江截流的壮观场面。以此方式截流仅需投入100多万元人民币，而用大型机械作业的话，则需花费500万元，还会造成环境污染。

　　世界上现存最古老的水利工程都江堰内江维修截流正式开始。该工程用已有2000多年历史的"杩槎"截流术截流江水。在断流过程中，工人运泥石筑拦水坝的工具都是竹筐。拦水坝的主干由15座杩槎构成，辅以黄泥和填充了卵石的竹笼。其余的杩槎置于拦水坝前，缓

解江流。杩槎由6根长9米、直径0.4米的原木绑扎而成，没用一颗铁钉，绑扎工具仅仅是工匠编织的竹绳。截流时，杩槎与木梁、竹席相连成排置于水中，上面用装满卵石的竹筐压重固定，在湍急的江水中可以屹立不动。这种古老的截流方式可就地取材，使用灵活，功效颇高，而费用仅为现代化抛石围堰截流的三分之一，并且相当环保。

具有2000多年历史的都江堰之所以没有与其同时期或更晚一些的水利工程那样消失，得益于岁修制度。

所谓的岁修，是李冰时期确立的制度，包括岁修、大修、特修和抢修。在每年的维修中形成"深淘滩，低作堰"六字格言。由于泥沙逐年减少，现在只需每十年才淘一次沙。

都江堰截流期间，一条长1.5公里的地下暗渠会把岷江水引入川西平原，保证灌区及下游城市的用水需要。

据都江堰管理局的有关人士介绍，之所以使用2000多年的古老工艺截流，是怕此古老技术失传。在今后的岁修中，将继续使用这种工艺。

千古名堰

都江堰水利工程位于中国长江支流岷江上游，是当今世界上唯一存留、以无坝引水为特征的古代水利系统工程，距今已有2250多年的历史，被誉为"人类水利史上的丰碑"。

据《史记》记载，都江堰由战国末期（公元前256年至公元前251年）秦国蜀郡守李冰主持修建，他创建了以"分水鱼嘴""飞沙堰""宝瓶口"为主的都江堰渠首工程和庞大的渠系工程，成功地解决了世界水利工程共同面临的泄洪、排沙两大难题。2000年11月，被联合国教科文组织列为世界文化遗产。

目前,古堰灌区面积达1009万亩,分布在34个县,灌区粮食总产量高达60亿公斤。它同时还为四川50座大中城市、数百家工矿企业提供生活和工作用水。

杩槎、卵石竹笼等2000多年前的治水工具将在都江堰鱼嘴处把内江截断,从鱼嘴到宝瓶口直至仰天窝闸全长约1.8公里的都江堰"心脏"部位河底将与人们见面。

铁牛、铁龟现身?

都江堰鱼嘴在元明时代是铁牛与铁龟,如今不知所终。据说元代治水专家曾用六万斤铁铸成了两只头部相并、尾部分开的铁牛用作鱼嘴,明代还用一万多斤铁铸了一只铁龟用作鱼嘴。但后来铁牛和铁龟都被江水冲走。1990年枯水期时,都江堰文物管理局邀请了相关专家到都江堰内江等地勘探铁牛、铁龟的方位。专家的勘探器所到之处,仪器若出现红色的信号,即表示此处有金属存在,但经勘探并没有发现铁牛、铁龟。铁牛和铁龟的去向成了千古之谜。然而,两件文物都在万斤以上,所以估计不会被水冲远。(编辑:姜志)

这是一个完全建立在记忆和推论上的故事,除了那头六万斤的铁牛,这个世界上再没有什么可以证实我接下来所述的真实性。等一下,真实性?真实性是什么呢?真实性不过是无数种可能性中被时间证实的那一种而已。时间证实给我看的可能性是这一种,那证实给你看的可能性会不会是另一种呢?不会,因为我们就是通过这种共享的可能性维持我们之间的联系、交流和信任的。你有没有想过,有一天你和

别人建立在认知基础上的这种信任突然被打断了,你坚信你活在这样一个世界,别人坚信他活在那样一个世界。不要看到这里就轻易地说不可能,接下来我就要给你讲这样一个故事,故事里提到了世界,提到了关于世界的这样一个问题:我们各自所在的这个世界,是不是唯一绝对的、真实的世界?

新闻发生前,我仍然在《晨星报》有一天没一天地混日子,每天都有不认识的人来请我吃饭,为的就是要我为他们的报纸或杂志或网站或别的什么写一写我以前的那些故事,可以看得出,他们大多把那些故事当作传奇来看,没有多少人会相信那些事是真的——这证明世界上大多数人都具有好奇而怀疑的优秀品质。而我在为那些报纸或杂志或网站或别的什么写专栏的时候,我也逐渐具有了这种好奇而怀疑的品质——我经历的种种逸事,又有什么可以证明其真实性呢?除了时间,但是时间远不足以作为一种证据,时间提供给我们的充其量只是一种可能性而已,而我抱着时间偶然提供给我的一些与众不同的偶然性每天骗吃骗喝骗稿费——算了,不说也罢。

第一章

破土
Chapter 1

这天,社会新闻部的主任宋晓涛忽然请我吃饭。虽然我在报社待了不少日子,但由于不属于新闻部,所以从没有和这个老头打过交道。我唯一记住的是每天中午吃饭时他都要喝酒,一喝酒就嗓门儿粗,所以每逢下午开选题会,就会听到他一个人在那里大声嚷嚷。总之,我对他说不上印象不好,却敬而远之。他突然请我吃饭,毫无由头却盛情难却,着实令我有些不安。

宋晓涛请我吃饭时面色极其不好,加上饭局极其丰盛,越发加深了我的忐忑。好在宋晓涛也不是一个喜欢绕弯子的人,上了几道菜之后,他拿给我一份《南方周末》,让我看了上面那几则新闻。

那头铁牛引起了我的兴趣,我问他:"真的有六万斤的铁牛这回事?"

宋晓涛说:"是的,十年前曾全面搜捞过却没有找到,这次岁修号称要让分水铁牛重现人间。上头对都江堰这次岁修非常看重,认为五百年前的铁牛重现人间将是一个非常好的新闻点,这期《南方周末》做了我们没做,我就吃了批评,说这样有价值的新闻为什么不派人去好好做一做。可是我也为难啊,又没有懂水利的专业人士,要把这篇

报道做好谈何容易？"

此时服务生端上来一盆鲑鱼，我尝了一口，鲑鱼非常新鲜，厨师手艺又极好。宋晓涛开始恭维我，对我连年的探索精神表示敬佩云云。我打了个哈哈，宋晓涛最后说："那多，虽然你不是我们社会新闻部的，但是我认识的人里面就属你对这种新闻最感兴趣、最有天分了，你愿不愿意跑一趟？只要做大做好做出影响来，报酬不用担心。"

我考虑了五分钟，其间我把一整条鲑鱼都吃了个干净，随后答应了他。倒不是因为他请我吃的鲑鱼特别好吃，而是觉得自己已经闲了太久，是应该出去跑一跑了。更为重要的是，直觉告诉我，那头铁牛具有某些神秘而诱人的东西牵引着我的神经，我说："你帮我安排一下行程，我这几天就出发吧。"

第二天，宋晓涛就给了我当晚的火车票。老实说，我对他的安排很不满意，虽然宋晓涛给我买的是软卧的车票，但是入川我情愿坐船——平稳的江轮比缩在火车软卧包厢里穿山越岭舒服多了，对上海人来说也无怕坐船之理。两天一夜后，火车于清晨到达成都，我换乘汽车直达都江堰。宋晓涛告诉我，他已经安排好，到达都江堰后会有工作人员前来接我，于是我放心地在长途客车里睡了一觉。

醒来下车已是正午。川中镇甸的长途汽车站带有的某种古旧的气息，却被意想不到的嘈杂人流所湮没了。我东张西望看哪里有人举块牌子写着"那多看过来"或者"欢迎上海媒体同志那多"什么的，却始终找不到哪个人是来接我的。旅途疲惫之余未免对此次采访生出不好的预感。所幸此时见到一个二十来岁、穿绿衬衫、一步裙的女孩站

第一章 / 破土

在一边做等人状,绿衬衫胸口别了一块小小的牌子,上面写着——都江堰市水利研究所,估计就是宋晓涛安排来接我的工作人员吧。于是我连忙上前打招呼,她听到我的招呼后转过脸来,我正待开口确认,却愣了一下——这女孩带有一种别样的美丽风韵,当记者也算有几个年头了,我不是那种看到漂亮女子就会吃惊的人,只因她身上确实带有一种少见的如玄灵之物般神秘而吸引人的气质,这是我对她的第一印象,漂亮而玄妙。

我一愣之间她先开口问我:"请问,你是那多先生吗?上海来的记者?"我点头称是。她"啪"地摘下胸前的那块牌子,塞进手提包里,朝我耸肩一笑,伸出手来与我握了下,并自我介绍道:"我叫林翠,是都江堰水利研究所的研究员。车在那边,跟我走吧。"

虽然我坐了那么长时间的车有些疲惫,但是和如此气质的女子同坐一车还是颇能让人振奋精神。林翠驾车沿岷江疾驰,江面并不辽阔,江水翻滚着不断变幻着各种样子,我通过车子的反光镜与林翠进行着交谈。

我问她道:"请问你在水利研究所做什么工作?专门负责接待?"

林翠笑道:"我不是跟你说过我是研究员吗?我可是专业的水利人士。"她透过反光镜看到我的吃惊神色,又说:"怎么?人长得漂亮就不能搞研究吗?"

这句话令我心中暗暗批阅两字:犀利。

林翠接着说:"我从小在这里长大,喜欢水文工作,而且对都江堰附近的地形水貌了如指掌,此次岁修工程,我是主持者之一,临时被派出来接待一下媒体而已。"

与语锋健锐的女孩谈话并非一件易事,所幸我打过交道的女孩中

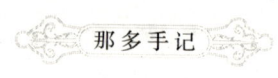

颇有几个言辞犀利的,所以不乏经验。我连忙转移话题盛赞她的绿颜色散花衬衫漂亮。她笑道:"我名字叫翠嘛,所以对绿颜色的衣服比较有心得。"

我说:"我生在上海,那里人多了又多,所以起名字叫那多。你生在长江边上,傍着水应该叫林蓝、林碧才好,怎么偏偏起个名字叫林翠呢?"

林翠说:"哈哈,你见过林子有蓝颜色的吗?"顿了顿又说,"那多这个名字确实蛮有个性的,我小时候父母给我起的名字叫林翠花,后来觉得实在太土,林翠是我十六岁时改的名字。现在又觉得翠花这个名字挺好的。领导可以站在江边喊我:翠花,上大坝。哈哈。"说罢与我一起大笑。

我本以为这次采访碰到的那些成天和水打交道的研究员肯定都是些严肃沧桑、一丝不苟的家伙,碰到林翠顿时令我对参与此次报道的信心增强很多,兴致也高了很多。

渐渐聊到岁修的正题上,我向林翠打听岁修工作的进展情况。林翠却问我:"你告诉我你对都江堰和这次岁修的了解有多少,你向我打听工作情况,是想听完整版还是普及版?"

我只好承认我对都江堰岁修的知识,只是停留在《南方周末》已做的报道以及出行前一个晚上的上网补习,所以完整版的精神看样子不能够完全领会,就让她讲那个普及版给我听听。

林翠抿嘴一笑,对我娓娓道来:

秦代李冰开凿都江堰,使川西平原年年丰收。2000年间,都江堰

第一章 / 破土

始终发挥着水利工程的作用，造福于当地人民，一个重要原因就是每年的这个季节都要清理一下河道，进行"岁修"，以保证来年江水灌溉下游农田的畅通。近十年来由于上流自然环境的改善，淤积的沙石逐年减少，过去一年一度的淘滩已经变成如今十年一遇的维修。

都江堰灌区内江段负责向成都、德阳、绵阳等重要城市、农村供水，自1992年至今已经十年未断流。年初经观察分析，内江总干道河段当下存在一定的淤积，同时沿岸大量的渠道及供水设施陈旧，已经影响到宝瓶口引水，因此决定进行断流整修。此次除内江总干渠、蒲阳河外，灌区内走马河、江安河、黑石河、柏条河、毗河、沙沟河及外江河等干流都将被相继断流，参与这次岁修。

十年来首次断流给都江堰大整容，一是为了清理十年来的淤积，保证明年的春灌用水；二是为了全面修复水毁工程，整治影响明年春灌输水及防汛安全的病险渠段、枢纽和制口工程；三是借机改造内江的仰天窝闸。当然还有第四条，就是希冀在文物发掘上有所突破。

20世纪五六十年代，都江堰的岁修都出土了一些文物。1974年在修建都江堰外江水闸时，出土了一尊东汉石雕人像，这是东汉建宁元年（公元168年）制造的"三神石人像"中的秦代建堰人李冰像。1975年都江堰大修，在距李冰神石人出土处仅37米的同一河底，又出土了一尊圆雕石人，其石质、造型风格、侵蚀程度均与李冰石人一致，但第三尊迄今未发现。

都江堰三大工程之一的分水鱼嘴，最早是装满卵石的竹笼，经常被洪水冲毁。到元朝时，铸了一只铁龟取代竹笼。后来明朝又铸造了两只共重六万斤的铁牛来加强。这三件庞然大物，如今不知所终。

这次的重头在都江堰三大工程之一——鱼嘴的重修和分水上面。

一方面重新浇铸鱼嘴令其坚固,另一方面希望能找到元代所铸的分水铁龟和明代的两头铁牛,如果实在找不到就重新铸,令昔日鱼嘴铁龟铁牛的景色重现人间。一旦截流,鱼嘴的浇固和铁龟铁牛的搜寻工作都将同步进行。

我想到关于重修鱼嘴的报道《南方周末》已经做得很详细了,现在报道的兴奋点应该在文物发掘,也就是那两头传说中的铁牛身上,抓住读者对庞然大物的好奇心理做一些奇事或细节的报道应该会比较成功。

于是我问林翠:"那铁龟、铁牛究竟什么样子?"

林翠回答说:"我也不太清楚。只知道十年前的岁修也曾寻找过,但没有什么结果。"

我想了想说:"既然十年前没有找到,现在再找到的机会岂不是很小?"

"那也不一定,"林翠微微笑了一下,"要知道水底下的事,有时是很奇怪的。比如说都江堰清淤淘滩的标志线——卧铁,通常人们只知道有四根,分别是在明朝万历四年、清代同治三年、1927年和1998年安放。其实在清光绪三年也曾安放过一根卧铁,但到第二年淘淤时就不见了。你说那么重的卧铁,只一年工夫就可以消失不见,谁又知道,十年工夫会不会让原本找不到的铁龟、铁牛重见天日呢?"

听到她如数家珍地报出这一堆年份数据,我只有点头称是,心中也默默期盼真的能承她吉言,岁修真能捞出点东西,好让我有点花边新闻写。

林翠显然看出了我的心思:"我对铁龟、铁牛了解不多,而且这次也不会具体负责文物勘察的工作。这样吧,你去找我们单位的俞建国

第一章 / 破土

老师,他可以向你介绍更多有关文物的情况。"

我问她抄下了俞建国的联络电话,并道了谢。

车开了有半个多小时,林翠告诉我已经抵达古堰,研究所就临着江边,安排我落脚住宿的地方就在研究所后面的宾馆里。我顺着林翠所指,看到安澜桥横跨岷江之上,如飞虹般挂向远处。我向林翠提议道:"我们先去江边看看吧。"林翠欣然同意,领我上了离堆。

古都江堰包括鱼嘴、飞沙堰和宝瓶口三个主要组成部分。鱼嘴是修建在江心的分水堤坝,把汹涌的岷江分隔成外江和内江,外江排洪,内江引水灌溉。飞沙堰起泄洪、排沙和调节水量的作用。宝瓶口控制进水流量,因口的形状如瓶颈,故称宝瓶口。内江水经过宝瓶口流入川西平原灌溉农田。原本沿江的玉垒山于是被大江一截为二,被截断的山丘部分,就是我们现在所处的"离堆"。

林翠领我拾级而上,穿过伏龙观,到了观后的观澜亭。观澜亭两层八角,凭栏远眺,可见正在动工的鱼嘴昂首江面,岷江江水奔腾澎湃,气派磅礴,稍远一些,青城山巍然成廓,"天府之国,美自古堰来"果真名不虚传。

如果这次来是为了做风景报道就完美了,胜景在目,美人做伴,我能编上十几版精美绝伦的文字。可惜我来这里并不是做风景报道的,我能写的无非就是:这美妙的鱼嘴若干天后将被浇上厚实的钢筋混凝土,从此屹立不倒,于是五百年前神奇的大铁牛则不再需要沉于江中帮助分水,可以被捞起来供人拍照留念……古人的科学工程总是完美地保留或创造着自然的神韵,而今天我的报道却注定缺乏创意,实效、死板、无聊而面面俱到……

011

想着就没有了兴致，下了山与林翠作别，回宾馆去了。

宾馆的房间委实不错，依山傍水，空气新鲜。我打开笔记本电脑记录了一下今天获得的资料。键入"铁牛"两字，Word 老是提示我拼写错误，令我坚信除了一些综述性报道之外，只有铁牛可以作为新闻点。一开始我接这个差事就是因为这两头五百年前的铁牛牵引着我的神经，如今仍是铁牛吸引着我，事实上最后这铁牛成为我终生不能忘怀的东西。我合上笔记本，打电话给林翠要她帮我安排一下采访那个她提到过的俞建国。

俞建国五十出头，就是我想像中那种严肃沧桑、一丝不苟、头发微秃、西装依然笔挺的专家形象，不过声音听起来慈祥宽厚，令我颇有好感。他向我扼要地介绍了分水鱼嘴的历史，正如林翠所说，《元史·河渠志》："元统二年（公元 1334 年）……以铁万六千斤铸为大龟，贯以铁柱而镇其源，以捍其浮槎，然后即工。"而明嘉靖庚戌年，"……凡用铁六万七千斤而二牛成，屹然堰口中流"。

待我记录完了这些，俞建国对我说："你来得正巧，明天和我一起到船上看截流吧？"

"船上？"

"是啊，现场指挥更加灵活一点。你一起来的话，也能看得更清楚一些。"

"那太好了，写出了报道一定请您老喝酒。"

俞建国哈哈一笑："免了免了。你们记者啊，就希望处处能弄出点爆炸新闻。一次岁修，就希望能把以前老祖宗的东西都捞上来。"我也跟着笑了。俞老话锋一转，语气变得严肃了一些，"想是想得美点，不

012

第一章 / 破土

过这次如果真能像你想的那样，把铁龟、铁牛捞上来，哪怕只找到一只，也真得好好喝酒庆祝一下。"

我也正色问道："希望大吗？听说十年前已经找过一次？"

俞建国道："确实如此，唉，其实1992年那次搜寻的范围已经很大了，遍及截流的近两百公里河段。许多史籍、方志都提到了铁牛，到明末依然有记载，铁牛的事情应该不是杜撰，这样大的东西按理不会不翼而飞。这次搜寻比起1992年，优势在于设备先进了不少，我们拥有精度很高的声呐仪和灵敏度很高的金属探测器，如果真有铁牛的话，我们一定能把它找出来。"

问到这里，已经没有什么有价值的话题了。俞建国告诉我合龙工作将于明早开始，我只要按时赶到现场就行。

晚上是老俞的公款请客，来了几个这次岁修和搜寻铁牛的负责人，算是请我，也算是搜寻前的壮行宴。都江堰没有海鲜，于是山珍上了一桌子，天上飞的、山里爬的统统都有。说到吃喝我在行，当记者这几年除了吹牛我就学会了这个，我曾有过喝了两斤多五粮液还把人抬回去的壮举。今天开的是剑南春，满桌酒香荡漾。四川人喝酒爽气，敬酒从不推辞，林翠也不例外，我敬了她三杯，她都一干而净，喝完已经是酒态动人了，笑起来嘴角上扬，眼角下弯，笑起来声音很兴奋，并且到处找人敬酒。敬完她的领导之后，林翠又盈盈站起来，手捧酒杯，脚底有些发虚地转到我面前，一手扶着我的肩膀敬我酒。我说："林翠，你少喝点吧。"林翠已经开始说四川话了："喝，我们四川人，喝酒从不拉稀摆带……"我后来共计被她"不拉稀摆带"了四次。

散席的时候，林翠已经横倒在椅子上了。俞建国朝我笑笑说："平时从没见过小翠喝这么多酒,今天看到你喝得特别殷勤,呵呵。"

于是我自告奋勇把林翠架上出租车送她回家,车子开起来司机问我去哪儿,我才想起来不知道林翠家住哪儿,看来我也喝得有点晕了,只好打电话问俞建国。出租车上,林翠一只手搂着我的脖子,脑袋靠在我的肩膀上。车停的时候,我心里开始抱怨,都江堰怎么这么小,开这么一会儿就到了。

第二天六点三十分,手机闹铃把我叫醒,不知是因为记者常年生活不习惯起那么早,还是昨晚我喝得也有点过,太阳穴隐隐作痛,左眼皮也一跳一跳的。俗话说这种情况是预示着招灾还是进财,我已然记不清了,不过事后想想,若把这也当成一种征兆,有些太小看这次碰到的事情了。

当天我来到现场,遇到的第一个人就是俞老,从他的气色可以看出昨晚也没睡好。但今天是搜寻铁牛的重大日子,俞老身负重责,面色严峻多于憔悴,整个人像一根弹簧似的绷得紧紧的。正因为如此,本来我并不想去打搅他,但在现场一整圈转下来,不见林翠的身影,时间已近七点半……我决定提前开始对俞老的采访,结果开头第一句是这样的:

"俞老,您今天看到林翠了吗?"

"哦,她呀,今儿一大早打电话来说昨天喝酒喝多了,头痛,今儿不来了。"

听他这么说我略有些后悔,昨天是不是劝酒劝得太勤了?这一分神,下面的话就有些没听清。

"……既然来了,就一块儿上船吧。"

第一章 / 破土

"哎。"我忙应着,稍后才反应过来俞老让我上的是装有精密声呐和金属探测仪以便寻找铁牛的搜索船。这样一旦发现铁牛,我就可以第一时间报道。我不禁对俞老心存感激,抓紧上船前的时间再检查一遍手机电池和信号……笔记本昨天忘了充电,但之前用得不多,对付一个多小时当无问题。

船是当地研究局所有,看起来下水没几年,新得很,排水量大概七八百吨,我是按照黄浦江上的拖轮衡量的,可能偏差会不小。由于进行的是搜索工作,船航行得极慢,人站在甲板上几乎感觉不到移动。

这次采用的截流方法是古法截流,即使用杩槎、竹笼这些古老的断水工具。

杩槎是由六根大原木用竹索绑成的三角架,中设平台,平台上用竹笼装卵石压稳。把适当数量的杩槎横列在江中,迎水面加系横、竖木头,围上竹席,外面再培上黏土,就可以挡住水流,不致渗漏。

杩槎扎成后,最关键的是如何投入水中。每个杩槎都重达两吨以上,要把它们投放到江心,并且保证每个杩槎都按照原来的位置,每个杩槎的杩脚都必须在水底紧靠在一起,才能保证截流效果。整个工序的关键,就是要有老练的指挥者,凭着经验用肉眼穿透那深不见底的江水,给杩槎准确定位。

之所以不采用现代化机械,而是采用两千多年前的古法截流作业,是因为都江堰既是重要的水利枢纽,也是著名的风景点。如果动用大量的机械在此施工,不仅耗时长,影响自然景观风貌,而且现代化机械作业后留下的泥石结构的拦水坝在截流后不易拆除,容易造成环境污染。而古法留下的杩槎、竹笼等临时的拦水设施,属于易拆除的木

那多手记

石结构，而且耗费低廉，据估计只需一百多万元人民币，而大型机械操作少说也要五百万元。

我上船的这天，枸槎已经下到了河道里，只见岸边的船工搬运着三米宽、四米高的竹篱笆，还有装满黄泥的塑料编织袋。只等十点四十五分一声令下，就先将竹篱笆插到枸槎之前，再从两侧把黄泥口袋投入江中实施断流。

所有的准备工作有条不紊，岸边还准备了庆祝的气球，看样子是要搞个工程庆典。一旁的车辆也不少，想必来了不少领导。我身在船上，免去了那些琐碎事情倒也乐得清闲。

我无所事事地坐了近一个小时，原本随时准备发稿的战备心情也松懈了下来，就胡乱想了下铁牛的事情。我记得资料记载铁牛有六万斤重，如此庞然重物，当初又是作为分水鱼嘴沉入水中的，即使遭遇历年洪水，也不至于被冲走太远，按照正确位置探察，当不难找到。于是我就对俞老提起了这个问题。

俞老回答我说："铁牛的确不可能被冲走太远，但是元代记载里对放置位置描述得不是很准确，到了今天，附近地貌也已经有了很大改变，要搜索的范围也因此扩大，加之历年泥沙、杂物的掩埋，恐怕不是那么容易就能找到的。"

莫非是我想得太简单了？这一找恐怕要十天半月才出得了结果。

"你急着发新闻我知道，"俞老继续说，"我们也都希望今天就开张大吉，但也充分估计到了困难，是准备找上个三五天的。"

还好是三五天，比我估计的十天半月好多了，也许我还赶得及回去讨一张大师杯赛的票。

016

第一章 / 破土

我正暗自庆幸，突然感到一阵奇怪的眩晕。虽然这只是以后多次类似感觉中的第一次，但当时这种感觉真的很古怪：这是眩晕没错，但又好像不完全来自我自己的头部，虽然没有观察清楚，但隐隐觉得周围的人在这一瞬间似乎与我有一样的感受。当然，谁都没有向我证实这一点，我也不会特意去问。于是就被我作为一种普通的短暂晕船来处理了，见鬼，我小时候天天坐摆渡，在黄浦江上可是从来不晕船的。

算时间应该就在这次小小眩晕之后两三分钟，突然听到有人用当地话大叫，船上的汽笛也一连响了四声，接着就听见船尾传来"扑通"的落水声。

来到后甲板，发现原来是有人落水，船上原本准备参与铁牛探测打捞的工作人员已经有三个下去救了。

我正对这里的人那么热心，一人落水三人去救暗自赞叹，琢磨着是否能当作宏扬社会新风尚的花絮……才发现救上来的人是个年轻女子。难怪。

下水的人有两个托着那女子，另一个被甩在后面根本帮不上忙，船舷上扔下带绳索的救生圈，这时成了起重工具。他们先把溺水者拦腰套在救生圈里，让船上的人拽到接近船舷，再从救生圈中把人抱出来抬上甲板。救人者也如法炮制，脚蹬船壁，半靠人拉半靠自己，一一上了船。

拉上来的女子穿着浅绿衬衣，在这天气里显得十分单薄，被水浸透以后颇有透视效果，此时若冲上前去发挥我的人工呼吸知识，想来是要被人群殴的。其他人估计也是一样的想法，所以当溺水女子躺在甲板上以后，场面倒不像方才那样纷乱，而是谁都站出一定距离，很自觉地给船上应急的医护人员让出了一条路。

当溺水者湿漉漉的头发从脸上被捋开以后,我几乎惊叫出来,那人居然是小翠!

我当时就觉得很奇怪,不是说林翠喝多了在家休息吗?怎么会穿得那么少到了这里?而且来了也应该马上与工作人员联系,怎么会掉进水里呢?难道是遇劫?不知道被劫到没有?

这时俞老已经跨步过去到了林翠的身边,低声问着医生要不要紧。我看到他也是满脸狐疑之色。

医生初步诊断林翠只是呛水导致短暂窒息,并无外伤,经过简单的人工呼吸(我也会呀),林翠咳出了几口水,睁开眼瞧了瞧四周,随即又昏睡了过去。

我就站在俞老的旁边,林翠的反应我都看得清清楚楚,尽管她醒来只有片刻,时间上仅仅是几秒钟,但我有自信可以看出她醒来的几秒里,流露出一种惊讶的神色。我从没落过水,也从未看见过抢救溺者的现场,所以无从知道,这种惊讶是不是可以用"落水被救,发现自己仍然活着"来解释。如果是名侦探在场,也许会把这桩事件定为一件推人落水的谋杀案,而被害人的惊讶眼神是指认凶手的重要线索。但是我几乎可以肯定,林翠的表情是惊讶而不是惊恐,也没有针对我们中的任何一人。

当然,这只是我一瞬间的感觉,随后的注意力就和其他人一样,被转移到工作人员如何让船靠岸,用备用踏板当担架把林翠抬下船去了。

这一过程中,俞老充分体现出沉着镇定的专家风范,他一方面指示探察人员中断现有工作,把各项数据分类保存,以便送走林翠以后能马上重新开始工作；另一方面时时留心着林翠的状况，保证没有一分钟治疗时间被人为耽搁。

尽管俞老显得如此冷静，但我还是听到他在喃喃自语。

"俞老，您刚才说什么？"

"哦，我是说小翠这孩子水性很好呀。还代表局里参加过系统里的游泳比赛，就算失足落水……再加上昨晚有点喝高，也不至于被冲到江心要人救命啊，难道说……"

我听到俞老说到"再加上昨晚喝高"就脸红了，根本没心思想他说的是什么。

"俞老，昨天都是我不好，待会儿我陪她去医院吧。"

俞老见我这么说，随和地笑了笑，说："怎么？有异性就没党性了？就把岗位工作给撂下了？"

"哪儿能呢？"听他这么一说我更急了，"我这不是担心她嘛！林翠要是真有个什么……我能安心吗？！"

"呵呵，去吧去吧。那孩子不会有事的，到了医院多陪她会儿，等她醒了问问她怎么回事。"

"嗯。"我心中感谢，俞老不愧是宽厚长者。

就这样，我得以搭上了研究局的车陪同林翠前往医院，临走我当然没忘加一句："俞老，断流合龙什么时候成功，第一时间通知我啊。"

"放心吧，我打你手机。"俞老在船头应着。

当时我已确信合龙一定会很成功，而铁龟、铁牛多半也会找到的，只是时间早晚的问题。万万没想到会那么快，更没想到，这个消息，我本有机会比俞老先知道……

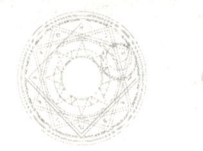

那多手记

医院距离江边只有十五分钟路程，我坐在车上甚至都来不及好好体验赶时间救人的紧张，也来不及问颇为清秀的医护人员叫什么名字，就已经到了目的地。

医院大堂里充斥着我半懂不懂的方言，挂号等自然由司机等人包了，我唯一可做的就是守在林翠身边。

抱她上医院推床时居然毫无杂念，看来这几年确有长进。

方言依旧显得太快，检查结果、输液等相关信息我都是揣摩着明白的，只有预交款清清楚楚，毫无疑问。自觉什么忙也没帮上的我下意识地打开钱包，事后想想同来的居然没有一个人和我争抢，真是……

急救病房里空调开得很热，我回避了护士给林翠换衣服，自己也脱下外套，顺便打听哪里可以借到躺椅之类的东西，做好扎根打持久战的准备。

医生马上来了，简单看了一下之后，操着不错的普通话冲我说了几句，大意是："不用担心，你太太没什么事，只需观察观察……怎么会落水的呢？小两口吵架？"我忙不迭地解释我们不是夫妻，心想这是什么医生？小两口吵架能把老婆扔江里？

"对，我知道，还没领证……"这医生还哈哈大笑做了解状，我百口莫辩，这才发现陪到病房里面的居然只有我一个人。

手机铃声及时响起，带我摆脱了尴尬境地。

来电显示是俞老守诺给我打来了电话，但我绝没想到有那么快。看看手表，才十点整，距离正式合龙的开工时间还有四十五分钟啊。不过这一下我倒有点犯难，按理说抢新闻是我们记者的第一要务，我们要像苍蝇一样反应敏捷，像蚊子一样死叮不懈，但是这边林翠还……

020

第一章 / 破土

"什么？铁牛找到了！……这不还没断流没淘滩吗？怎么就先把铁牛找到了？"我当时真有些觉得不可思议，但更多的是惊喜，一种记者面对新闻的愚蠢惊喜。（当然，"愚蠢"二字是事后才体会到的，专指我们这种人对发生的事情认识不足，只觉得惊人就是好事。）

为了在任何嘈杂的环境都不致漏听而错过重要信息，我的手机一贯设置最尖利刺耳的铃声。这次它也起了作用。

"你醒了……别动，别动，好好躺着……哦，对，俞老，小翠已经醒了……小翠，告诉你一个好消息，铁牛找到了。"我借着打电话的当口，有意无意地把对林翠的称呼改成了和俞建国一样的"小翠"，准备若她并不反对，以后就一直这么叫下去了。

"铁牛？"林翠用很慢的速度重复了这两个字，似乎不明白我在说什么。当然，她的茫然神情在我当时看来纯属昏迷结束后的短暂迟钝，完全正常。

此时我已打定主意，既然林翠已经恢复意识，我也该以事业为重，赶回去写报道了。

挂断手机，我开始整理随身物品："小翠，你先好好休息，有事情摁铃叫大夫……铁牛找到了，我得先过去采访，采访完了再回来看你。"

"采访？"林翠依然是那副迷糊的样子，有一瞬间好像明白了什么，但马上又恢复了疑惑的神情，"找到了有什么好大惊小怪吗……那么大的铁牛，能被冲到哪儿去？"

我已经披上了外套，虽然觉得林翠的话听上去怪怪的，但也没时间管了，奔赴现场要紧。

临走的时候，我把用得较少的那部手机留给她："有事打我电话，电话簿里 ND 就是。"

第二章

乱流

Chapter 2

要回到现场只能打出租车，司机依然不紧不慢，丝毫不顾我这个记者的感受。

好歹到了现场的时候，船已经不知去向，俞老他们都上了岸。

"从金属探测仪的数据来看，应该是铁牛没错。"俞老大有成功在望，气定神闲之感，给我解释状况时，自上船以来破天荒地点起了烟。

我一边做笔录，一边随口恭喜，顺便告诉了他"林翠平安无事，不用担心"。

俞老满脸笑意频频点头，我一边低头继续写，一边想见鬼了我怎么主动把话题扯到这上边来了呀。你可要坚定立场，现在可是工作时间呀。

"不过她醒的时候有点怪怪的，"我试图把话题重新拉回到与铁牛有关的方面上，"好像说找到了也没什么稀奇。"

"没什么稀奇？哼。"俞老苦笑了一下，"很多站着说话不腰疼的人是这么说过。"

我心里咯噔一下："俞老，小翠她可不是……"

俞老摆摆手阻止我继续说下去，同时闭眼点点头表示理解，重新睁开眼,他又马上若有所思:"其实,我倒觉得在这个地方找到,很有点稀奇呢。"

我立刻感到这话里有文章:"为什么这么说呢?"

"1992年那次探测,所有原始资料保存得都很完整,我都看过。当时清楚地记载这个区域是经过严密搜索的,以此为中心半径二十来米的地方,都没有任何称得上金属反应的东西。"

"会不会是技术……"我试图解释。

"那时的技术其实并不比现在差多少。"

"那……那么是人员……"

"不会,"俞老断然否定了我的猜测,"当时负责指挥的蒋凌峰是我的老同学,他这个人我还是了解的。"

看来并非技术问题又非人员疏忽,我只好不言语了。

"存疑"也是新闻中的一个重要部分,把可以解释的东西写成难以解释,引起读者兴趣,是记者的必修课。有了"专家感到疑惑"做后盾,我何乐而不存疑?

剩下俞老一个人喃喃自语:"你说水底能有什么东西,把那么大的铁牛盖得严严实实,一丝缝都没有,连金属探测仪的信号都完全阻断?你说这滔滔江水在十年里,能把六万斤的铁家伙挪动多远?五米?十米?二十米?……"

我第一次看到潜水的人出水,才知道一套潜水装备有多重。

潜水者一举一动都很老练,但面相不太机敏,也许是因为摘了头盔脑袋看起来很小。他向俞老报告情况的时候,我也一直在旁边听着,从他的语气里听得出预想中的兴奋。

"是呀，肯定是，有那么大。铁家伙看得很清楚……只是怪了，一点泥巴都没有，就那么赤裸裸的，水底下都看得到反光……"

我速记的功夫一流，这几乎是原话。同时我也注意着俞老的表情：开头就一点都不兴奋，相当沉静，甚至称得上严峻，也许因为"确实是铁牛"早在他的意料之中，算不上一个好消息，当等听到"没有泥沙覆盖"的时候，他的眉头越皱越紧，几乎是用看外星人的眼光在看潜水员，可怜那老兄自己全没感觉。

当时我就窃喜：看来这次选择的报道方向是正确的，如果能将"铁牛突现"的文章做得绘声绘色，应该是远比岁修本身精彩的报道。

抓人的新闻未必需要明确的结论，悬而未决的感觉比盖棺论定更好。如果一些所谓的疑点早有明确的解释，却大惊小怪地大肆渲染，这种哗众取宠的风格我是很反感的。我的原则是，在尽量搞清楚事实的基础上罗列疑点，用平静的口吻（其实这样更容易引起好奇，所以说抓眼球也有格调之分）。

在我的笔记本上，当时就留着这样的段落：

1992年的勘察范围包括现在的地方，甚至还要向外沿展出许多，根据这十几年的水文情况，铁牛应该不会出现在这里的。

1992年没有发现铁牛有三种原因：

一是铁牛不在勘察范围内，十二年来某些不可知的水文异动让它现在到了这里。

二是1992年时铁牛陷在河里太深，探测仪探不到。那时使用的探测仪虽然不能和地质勘探时用来探测地下矿藏的探测仪相比，就算铁牛在河底二十米深处的话，也会被探测出来，别说铁牛的埋藏深度不

第二章 / 乱流

可能超过二十米,就算超过了二十米,这十二年竟让它从二十米以下的地方冒了出来,也是难以解释的奇迹。

第三个理由虽然可能性也不高,但和前两个理由相比,要可信得多,就是那一次探测器出了故障。

从战术上来说,所谓"第三个理由"纯粹是瞎掰,加上它不过是为了让读者对前两个理由的合理性视而不见,从而把思路转到想入非非的状态里去——"可信得多"的理由也这么牵强,可见其他理由更站不住脚,真正的原因一定是……

所以说最不容易好的病就是职业病,我当时考虑的就是这些小把戏,只想着世上哪有那么多狗屁怪事,尽管我老是撞邪,但概率也不该这么高。

后来的事实给我一个教训:永远不要觉得这世上有什么神秘力量罩着自己,不管它叫作神还是概率论。

这一天的白昼真是特别长,对于一个记者来说简直像两个白昼那么长。壮观的合龙仪式早就不是我要关心的重点了,表上的时间不过是十一点,回头想想我送林翠到医院不过是九点半,平时我这时候还没吃早饭,简直要疯了。如果按照我的作息,一起床就能正赶上发现铁牛,整个"上午"就能专心报道发现铁牛。

十一点二十五分,仅仅在截流开工的四十分钟后,都江堰灌区内江段合龙成功。

水流渐渐低落下去,预期中的铁牛就要在河床上出现了。

这段时间不光是我连俞老也显得很紧张焦急。大概是自己也注意

到这一点，他故意岔开了话题。

"小翠那边，不会有什么事吧？"

"没事，我留了部手机给她，有事她会打电话的。"

"号码多少？我打个电话问问她情况。"

"用我的手机打好了。"

"好，"俞老接过手机，"顺便告诉她，铁牛马上要捞上来了。"

俞老用别人的手机很是节约，我低头才不过写下两行字，也就一分钟多一点的工夫，就听到他的大嗓门儿："好好好，我不和你争，你先好好静养……好吧，就这样。"

我正想问怎么了，俞老先发起了牢骚："这孩子真是奇怪了，居然说什么铁牛早就捞上来了！我问她什么时候，她居然还像模像样地跟我说1992年！"

我一下子想起离开医院时林翠的怪异状况，原来她认为铁牛早就捞上来了！还确切地记得是1992年！看来这次落水，对她身体的影响虽然不大，但对记忆还是有蛮可怕的危害。

我虽然觉得有些不祥，但还是这样开解俞老（同时也是开解自己）："俞老，我看会不会是这样，我们经常会有这样的经历，看到一件事情，感觉是很久以前就发生过的，然而事实绝对不可能。其实不过是由于我们管理记忆的大脑部分发生了点小问题，才会产生这种错觉。林翠的状况应该类似吧？"

俞老沉默了一会儿，点点头，"你说的有可能。突发事件的确能让人的记忆产生错觉，有些是失去记忆，记不得已发生的事；而这样的是把记忆'提前'了，把没发生过的事情当成了已发生的。"

第二章 / 乱流

俞老虽然这么说，但我感觉他并未释然。连我自己也怀疑起来了，像铁牛有没有捞上来这样的大宗事件，难道也会产生记忆偏差？人类的记忆真是奇妙的东西。

铁牛出水的一刹那，给人以什么样的感觉，对于记者来说是毫无意义的，透过镜头我看到的不过是如何取景，报道里最多以一句"六万斤重的铁牛破水而出"涵盖。但我还是很不职业地要强调一下，因为当时我的感觉是：哦，那就是铁牛啊，亮晶晶的。

事后我估算了一下，从铁牛的牛角在水面上露头，到最终完全展露在潮湿的河床上，整个过程不下十五分钟。足足十五分钟啊，所有人的视线集中在偌大的铁牛身上，居然没有一个人，没有一个人发现——

一直到铁牛在地上昂首挺立，人群像磁铁一样黑压压地围拢过来，才有人惊呼——怎么是亮晶晶的？

想来你也猜得到，如果那第一个惊呼的人不是我，我也就不会有脸在这里这么说了。

想想看，明朝的铁牛，亮晶晶的。如果说我刚看到它冒头的时候脑海里出现"亮晶晶"这三个字只是隐隐觉得不对，那么其他所有人大概都是一样的。整个庞然大物在我们面前被吊起放下的过程中，其实每个人心里大概都有这个疑问，只不过好像太惊讶了，而又分不清这种惊讶是铁牛本身带来的震撼力造成的，还是因为"亮晶晶"，就好像所有人的情绪被个无形的塞子堵住了，直到铁牛落地，一群人上去围观，"法定的"七嘴八舌时间到了，才爆出这疑问。

稍有点常识的人都知道，铁制品在水中，尤其是这种富含矿物质的江水中浸泡几年，就会氧化生锈。更何况是元朝至今的近八百年。

原本所有人的心理预期，不过是指望从江水里捞出一个依稀可辨形貌的"牛状铁疙瘩"罢了，万想不到真正捞起来的铁牛，是除了一点污垢以外，几乎全新的家伙！更为奇怪的是，它几乎是完全"挺立"在河床上，挺立！没有什么淤泥掩盖它，别说大腿，连膝部都没被掩没，只有蹄子插在泥里，而那也完全是因为它自身的重力。简直可以说，当场把一头新铁牛放到泥巴地上，也不过是这副模样。

我马上回头去看俞老，发现话到嘴边的"怎么会那么新"根本不需要问出口，他显然也在想这个问题。其他专家和工作人员的脸色也好不到哪里去。当时我自己觉得思维变得很奇怪，甚至想会不会有人开玩笑，放了个新制造的铁家伙到江里，想看打捞的人闹笑话。国外有许多类似的神秘事件，比如某些麦田圈之类的，经调查出自这种恶作剧的为数不少。但是……中国人可能吗？再说这成本也太大了吧？把那么大的家伙神不知鬼不觉地搬到这儿来沉下江，可能吗？

专家组这个时候已经聚拢起来窃窃私语，我本该职业地凑过去听听说什么，不过反正事后俞老也会告诉我（我有这个自信），就不去惹人讨厌了。趁这个机会我放下相机，好好观察了一下铁牛。

除了显得过新之外，铁牛的另一个奇特之处就是造型。我不知道明代的雕塑艺术是怎样的，但是我看这头牛与印象中中国传统的那种是鼻子是眼的老黄牛形象相去甚远。与其说是出自明代匠人之手，莫若说更像出自毕加索或达利的作品——当然，在抽象和变形的程度上有所不及，但绝对不是写实派的。牛身的造型都是流线型的，并无烦琐的线条，细节则完全省略。对了，这样的风格我国也有，不过是在商周的青铜器上，一个小小的壶盖或手柄上的小动物，让你猜半天是羊是狗却还没有结论。入唐以后，这种风格就式微了。而且，在

第二章 / 乱流

小东西上这样刻画并不觉得如何，如此庞然大物却采取了这种风格就有些刺眼了。

对了，好像唯一不属于这种简约风格的部分，就是这头铁牛的牛角。牛头低垂，牛角几乎水平地向前方延伸。两只牛角不像全身其余部分那么光滑，而是有螺旋状的花纹。仔细看那花纹又不是平滑的螺旋曲线，而是凹凸不平的，很像旧时红木家具的雕饰，说是某种字体也未尝不可，没准是蒙古文——思考尽量多的可能性，是我的一个习惯。凑巧的是，这习惯居然与这次的事件联系了起来，将在以后的时间里大大考验我的想象力与逻辑思维能力。而与这件事的惊人怪异相比，铁牛外表上的种种奇特之处简直可以忽略不计。

专家的"临时会诊"并没耗费多少时间，俞老到我身边说的第一句话让我感到意外："小那，这次的消息能不能先不要发？"我愣了一下，心想，难道这铁牛真有什么重大的古怪，居然要封锁消息。

对这种要求，拒绝是我的第一反应："俞老，你要知道记者的新闻自由可是受到……"

"我知道，我知道，小那。"俞老打断了我，"可是你看这铁牛的样子，总让人怀疑到底是不是元朝那头……我知道现代人铸造的可能性不大，但是我们总要严谨一点吧？万一真的不是，你就这么把消息发出去，这笑话就闹大了。"

我环顾四周，果然每个记者身边都有工作人员在和他们说话，想必内容跟我听到的是一样的。

"我看这样吧，小那，"俞老继续说，"我们先对铁牛做一个鉴定，如果鉴定结果无问题，第一时间通知你……你趁这个时间把稿子整理一下吧。这也是对你们新闻的可靠性负责嘛，对不对？"

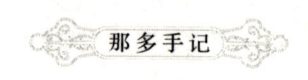

我只好点点头,把相机收了起来。至于整理稿件,我是不会做的。万一鉴定结果并不是"无问题",我就把材料全部换一种方法组织,写成……小说。

我当时就存了这种念头,事后证明真是有先见之明。

这一天因为起得太早,所以很早就睡了。原本打算去医院,因为很多人都要去看林翠,我最后就没有去。

正因为怕人多才第二天去的,没承想到那里还是看到一屋子人,当然是俞老和其他研究所的同僚。我几乎以为他们从昨晚一直……吵到现在。

几乎每个人都开了口,但是很明显意见分为两派:一派是林翠,一派是其他人。如果换了另外一件事上出现这种情况,我想我多半会站在林翠这边——从中学起参加辩论我就喜欢支持少数观点——但是这件事……

林翠坚持的论调和昨天的一样:铁牛1992年已经捞上来了;说现在才捞上来的人,是出于某种莫名其妙的原因颠倒黑白、掩盖事实……其余的所有人只是在给他人和自己做证,试图说服林翠没人有必要进行这样一种阴谋。

我只能爱莫能助了。

正当我犹豫着要不要和什么时候主动上前打招呼的时候,林翠先发现了我,但是这个时候她什么都顾不上了,只想着证实她所记得的事实,看到我出现,第一个念头就是"拉来做证"。

"那多!你来说说!你第一天来采访岁修,我们还在铁牛边上合了影。你把照片拿出来给他们看呀!"

第二章 / 乱流

天啊！这都哪儿跟哪儿啊？

"再这样下去不行，她的毛病得治治……"我背后出现了这样"嗡嗡"的低语，让我听了觉得刺耳，但我此时心里所想的其实也是一样。我默默地打开背包，拿出胶片袋。

林翠看到我的举动，一副对"真相大白"的期待表情："我真不明白你们撒谎有什么意义？跟我开玩笑也要有个限度。所里面你们可以众口一词，不是所里的人一来，你们就没辙了吧！"

"你自己看吧。"我尽量让自己的语调严肃而又不显得冷酷，"这是我和你唯一合影过的照片。"

空气像凝固了——很多文学作品里有这样的描述——我想，当时就是这样一种情形。

"骗人！"打破凝固的果然必须是大叫。

"骗人，骗人，骗人！"林翠显得歇斯底里，她对着阳光看底片的眼睛带动着整个面部在抽搐。

"难道你要说这张照片里本该有我、你，还有铁牛？"我试探地问。

"对！"没想到她真的这么回答，"假的！这是假的！"

背后的"嗡嗡"声更多了。

我尽量让自己平静对待："如果这是数码相机拍的，我有办法作假。但这是光学底片，那么短的时间里我是没办法作假的。"

这个时候，我相信唯一的办法是用铁一样的事实和她耐心地讲道理，而不是强调她的种种谬误和偏差。把一个处于不正常状态下的人当作完全正常对待，对于她的恢复才有好处；反之，大惊小怪的话，只会收到相反的效果。

果然，林翠沉默了。虽然还是浑身发抖，但是已经不像是要继续和所有人争执下去。嗡嗡声也随之消失了，所有人都看着林翠苦苦思索。

我和绝大多数人一样，没有经历过一觉醒来发现一切都和自己记得的不一样的情况，但我知道这种感觉一定分外痛苦，似乎自己被这个世界抛弃了。

林翠开始用手腕敲击自己的脑袋，轻轻地。我等到了好时机，过去抓住她，即使有那么多人在身后，我也相信我足够大方得体。

"好了，你先休息一下，别想太多了。"我轻抚了一下她的头，就算这动作在"大方得体"上有所欠缺，我也顾不得了，"都会好的，睡一觉，一切都会好的。"

事实当然不那么简单。让病人睡去是容易的，守护病人的人要心安就不那么容易了。出了病房，几乎所有人都在听医生讲述病情。

医生不过是老生常谈，简直同电视剧里一模一样。"病人的精神状态还不稳定"，"可能是头部受了撞击"，"我们还要再观察一下"，"做个CT"，"现在只能给她用一些调节情绪的药"云云，都是废话，且毫无新意。

虽然刚才在病房里可以"放肆"一把，但来到外头我还是知道自己不宜介入过深，虽说林翠没有亲人，但是这里的事情还是交给她的同事们为宜。

原本采访是可以在这一天结束的——铁牛已经捞上来了；尽管受俞老所托，我答应了在消息确实以后再发稿，但也可以回到上海等他的消息。社里给我批了五天时间，我乐得用足。当然，我也有些放心

第二章 / 乱流

不下林翠。

医院的 CT 报告说脑部全无损伤，记忆偏差只是功能性问题，并非器质性的。于是第二天就把她打发回家了。研究所里当然没有要求她上班，就算她身体无问题，其他人恐怕也受不了和她继续"对质"。

铁牛的报告几乎在同一时间里出来，同样毫无悬念地证实了"铁牛的确是铁的"，年代检测也无问题，它绝对不是现代的，甚至比元朝更古——这一点并无关系，古人很可能用当时的"古铁"铸造具有吉祥意味的镇压铁牛。至于它为什么不生锈，只有天知道了。

人总是习惯用"只有天知道"来解释自己不明白也不愿意花力气去想的事情，好像说了这句话就与己无关了，从此可以什么都不管。我说这话大致上也是这意思，甚至已经准备好在报道里做个"存疑"。没想到，事实发展到后来，居然变成了"只有我知道"。

我建议，一旦你碰到哪件事情变成"只有我知道"，最好的办法就是把它吞下肚去，不要试图让更多的人相信它。当然，除非你打算把它写下来，注明了是"纯属虚构"的小说，满足于拿它换几个稿费钱。

离开都江堰之前，我打算到林翠家里去看看，跟她告个别。虽然知道以后不会有什么机会再见面，但是她记忆出了问题，总让人多少觉得放心不下。

按照她给的地址，我打车来到那片小区。小区的楼分布得很古怪，我根本看不出有什么顺序，大概是在不同的时间里分期建造起来的吧，房子也显得新旧不一。我正踌躇间，看到一个系红领巾的小女孩，向老少问路正是我的习惯。

"小妹妹，12 号楼在哪里，你知道吗？"

"你找谁？"小女孩还很有警惕感。我不知道自己哪点儿长得像坏人。

"我找12号401。"

"你是找林阿姨吧？"原来她和林翠认识，"你跟我走吧。"

多半小姑娘也住12号楼，看她很热心的样子，我刚才的些许不快马上烟消云散。

短短几十米路，我们还是做了一点交谈。我知道了她叫诺诺。至于小孩子能够对一个陌生男子来访自己的"林阿姨"做出什么样的猜测，问出什么样的问题，你大可以尽情想象，我可以告诉你，这小女孩完全对得上号。

林翠开门的时候，我真的有一点吓一跳的感觉，才几天工夫，她就憔悴了许多。看到我，她勉强露出了点笑容。很快她又注意到了我身后的诺诺。

"诺诺，是你带叔叔来的？……哎，你怎么流血了。"

"摔的。"我这才注意到小女孩膝盖上有个地方破了。不过伤口不大，少量的血也凝固住了。

但林翠一副很紧张的样子："怎么你不晕血了？"

"晕血？"诺诺很奇怪地重复着这两个字。这语气让我想到……对，和那个时候林翠刚醒来，重复"采访"的语气一模一样。

看到林翠马上眉头深锁，我急忙岔开话题："怎么，只能站在门外吗？"心里想，林翠不但"记得"铁牛捞上来了，还"记得"一个小女孩晕血。亏得她没有记错家里的门牌号码。

在把诺诺打发走之前，林翠显然心神不宁，对我问的任何问题都

第二章 / 乱流

唯唯作答。我想她可能对我有些想说的话,但又不想在其他任何人面前和我起争执。这只能是关乎一个主题——她的记忆。

其实我一直对人的记忆活动颇感兴趣。在大学里的门门考试,几乎都是靠着自己优秀的记忆力,在考前的几天里突击背出来的"通过"。然而一旦考完,只消过几个小时,再问起我有关这门课的内容,我就一点也不记得了。说起来这不是什么了不得的事,但仔细想想也有奇妙之处:这些记忆,它确乎存在于我的大脑某处,曾经鲜明准确,清晰无误,试卷就是最好的证明;然而它现在不再出现了,认为它就此不翼而飞是荒谬的,合理的解释是它沉睡在某个角落,直到有一天会再次以本来面目醒来。偶尔有过这样的深夜,赶稿子到恍恍惚惚、不辨梦境的时候,突然一联江淹的诗句就顺溜地冒出来了,而在此前一秒,我还以为自己会背的诗只剩下"床前明月光"了呢——还得特意提醒一下自己接下来的并不是"地上鞋两双"。

现在林翠产生记忆偏差的情况,对我来说是一个很好的观察机会——虽然说起来有点残酷,但是我真的有这样的想法。记忆也许是记者最应该关注的东西,常常用笔和键盘记录下真实和虚假的记者,其实很想知道,多年以后,在人们的记忆中会留下些什么。当然,也有完全不考虑这些的记者,但这些人在我心目中,根本算不上真正的记者。

然而,在这个问题上交流并不是容易的事情。诺诺回家以后,林翠坐在沙发上,沉默了很久。不像是在思考着什么,反而更像是发着呆,就这样让时间流过。我想,我必须要采取主动。

"铁牛的报告,出来了。"我仔细观察着林翠的表情——没任何波动的迹象才继续说,"体积还真是惊人啊。"

"长 3.63 米,最宽处 1.12 米,高 2.34 米、算角的话 2.47 米。"

林翠说话的声音很平静,我却睁大了眼,实在惊讶。

她还是侧着脸,却很清楚地发现了我的表情:"铁牛的标准数据。你也许要问为什么记得那么清楚。"

我点点头,我确信她看得到。

"因为十年来,一直都挂在嘴上啊。"

这是林翠自"记忆出问题"以来,第一次让我这个记忆健全的人感到震惊。

不会有错的。铁牛的长宽高数据是昨天才出来的,那时候林翠已经回家休养了。她不可能是在单位得知的。要说有什么同事朋友之类的,特地打电话告诉她有关"让她记忆偏差的铁牛"的事情,未免有些不合情理。何况我直觉林翠没有骗我,她说那些数据是她一直记得的,就应该确实如此。

难道说世上真有洗脑术,可以任意编排人的记忆?如果有,那么被洗脑的是谁呢?是林翠还是……"真理在少数人手中"的惯性思维,让我马上就有些心虚起来。假使这里真的发生过修改记忆的事情,那么从难度上来说,修改一个人的记忆自然比修改一群人的记忆容易,但是从修改内容上来讲,"把现有的抹去"比起"凭空制造出新的,而且还和'未发现'的事实相符"来,又要简单得多,也符合逻辑得多。

想到这里,我发现我的思维已经有些混乱起来,或者说思维本身并无差错,但是心理上的恐惧阻止我再朝这个方向想下去。当然,这样的"心理分析报告"也是事后才给自己做的。当时让我停止探究这个问题的表面理由挺简单:林翠已经神志不清,情绪不稳定,我可不

第二章 / 乱流

能陪着她一起瞎搅和。

这样一想，就自然而然地给一切找合理解释：一定是某个同事告诉了林翠有关铁牛的数据（至于他/她为什么这么做是个谜，但我并不打算解开它），而林翠把这说成是她十年前就知道的（至于她这样做是故意骗我还是真的脑子出了问题，也是个谜，解开它……得看可行不可行）。

我定了定神，用尽量平和的语气对林翠重复了一遍我和俞建国说过的猜测：由于我们管理记忆的大脑部分时不时地会发生点小问题，偶尔会让人产生错觉，以为第一次碰到的事是以前经历过多次的，或者当下的事是在很久以前发生的。

当我刚开始说这段话的时候，林翠一听到我"循循善诱"的语气就显露出失望的神色，我不加理会，尽量把自信展现出来，我甚至觉得自己是代表着人类的理性在和林翠对话，我没有理由不这样振振有词。林翠的眼睛里一直有泪珠在闪动，一副受了莫大委屈的表情，几乎让我心软，想对她说：好，我相信你，你说的我都相信。但是理性告诉我这对她一点帮助都没有，反而有可能让她在错误里越陷越深，于是我只好尽量在严肃与和善两者之间保持平衡。

然而林翠还是很快从失望变成了绝望，当我问她"你仔细想想，林翠，数据是谁告诉你的？你早上有没有接过电话？……"的时候，她已经压抑不住情绪，歇斯底里地叫起来："你也不相信我？你也觉得我脑子有病是吗？"

我赶紧解释："不是这样的，我刚才说的情况每个人都有可能发生……你知道，人的大脑也好像机器，总会发生点小故障的。你最近又受了外伤，可能也影响到……"

林翠没有让我把话说完，就从沙发上跳起来，快步冲进了客厅右侧的一扇门里。我都来不及看清那究竟是不是她的卧室，只看到房门上留下的一个破洞，应当是被人用拳头砸破的——大学里有过喝醉酒砸坏寝室门的经历，因此我对这种痕迹不陌生，只是没想到林翠也有如此暴力的一面。

后来发生的情况就好像任何连续剧里都会有的场景一样了：我在门外轻敲房门，苦口婆心劝说无用，她在里面死不开门，并一口一个"你走啊！"。说实在的，自从和大学里的女朋友分手以后，我就再没经历过这种场面。按理我应当一笑离开，主人都躲起来了，客人没道理那么不识趣。但是这时候真不知道是怎么了，我很担心她会做什么傻事，仍然执着地敲着房门，直到林翠终于用哭完以后比较平静的口吻对我说："……对不起，那多，我想一个人静一静……你说的我都知道了，你放心，我不会有事的。"

如此情形下我当然不好去找太平斧，只能悻悻离去，高喊一嗓子"林翠，我走了，有事给我电话"，把铁门关得震天响，好让她听见。

在回上海的火车上，我尽量告诉自己不要在这件事情上想太多，但不知道是否因为火车过于颠簸了，我时不时地总想起泛舟江上的舒畅感——也许只是因为太久没有坐江轮了。

第三章

回峰

Chapter 3

回上海的时候,我终于坐上了江轮。轮船顺流而行,在长江上游湍急的水流的浮推下破浪前行。船出四川后江面渐宽,水流渐缓,站在甲板上,江风拂面,江风无形无质却撩人于神秘之中。夜晚,繁星满天,星斗连成一片一片延伸至目力无法到达的远方,昭示着世界的无尽和不可解。然而,此般的江风江水没有令我有丝毫欢愉之感。临走时林翠的忧伤深深地印在我的心里,那是一种被整个世界怀疑的绝望与无辜——她为什么这么无辜呢?即使每个人都证明她的记忆是错的,她还一如既往地无辜。我觉得世界忽然变成了两个。一个是众人的世界,一个是她的世界,她被从众人的世界中抽离了出去,一个人与其他所有的人对抗。然而更大的可能仅仅是因为她掉到水里然后患上了失忆症,为什么我要把她想得如此神奇?但"长3.63米,最宽处1.12米,高2.34米、算角的话2.47米"又是从何而来?当她说出"长3.63米,最宽处1.12米,高2.34米、算角的话2.47米"的时候,她是如此自信,一扫本来的绝望和无辜,语气平静,不容置疑。

唉,怎么回事?

自从从林翠家出来,我一直神情恍惚,整体处于两种状态:一种

是默想林翠，另一种是默想以后疲倦得什么都不想。天哪，我这是在单相思吗？如果是俞建国这样"扑通"地掉到水里，然后被人湿漉漉捞起来之后，变了个人似的说胡话，我现在多半在拿这个事情当笑话想，或者拿这个当素材给新办的那个《东方早报》写个专栏什么的，反正他们喜欢这种东西。现在是因为林翠落水，才让我这样全副心思地挂念吗？算了，我决定不去想了，找点乱哄哄的事情做做。

船上居然有可以租小说看的地方，正好让我打发时间。我借了套黄易的《寻秦记》来看，虽然这部书我已经看了很多遍，但是我觉得这样一部小说的厚度正好可以打发掉一次旅行路上的时间，况且我喜欢黄易，用他仅有的那么一点点想象力可以写到一种极致的趣味。《寻秦记》写一个叫项少龙的家伙，被人拿来做时光机器的试验，结果被送到秦朝回不来了，但是他知道历史上有个家伙会坐上始皇帝的位子，比较有前途，于是就去傍了嬴政。我窝在船舱的灯下看《寻秦记》，这一看就看得昏天黑地，直到睡意袭来，书盖在脸上就睡着了。

我做了一个梦，梦见又在打捞铁牛，结果有人落水，捞起来一个人自称项少龙，然后对所有的人说"长3.63米，最宽处1.12米，高2.34米、算角的话2.47米"。醒来回想这个梦自己暗暗吃了一惊，想到了什么，但被局限在黄易先生仅有的这么一点想象力当中了，依旧没有什么建设性的想法。

回到上海的时候是下午，我到家就给俞建国打了个电话："俞老，有关铁牛，有没有什么新发现？"

"哦，现在已经邀请有关考古专家，特别成立了一个铁牛的研究小组，同时还有西南水利大学最资深的一位教授参与，按照惯例我们会先收集一切关于铁牛的资料做背景分析,过一两个星期就会有一份详细的考据报告出来了。"

"到那个时候仍旧要让我发独家呀。"

"当然当然,铁牛打捞的报道什么时候登?"

"就这个星期了,报纸出了我第一时间给您寄。"

"呵呵,多谢了。"

"哦,对了,林翠的情况怎么样?"

"怎么样……唉,这两天单位领导去探望她,她都闭门谢客,弄得领导很是尴尬。让她再多休息几天吧,别说你着急,我们也都着急啊。"

"嗯,也只好这样了……再联系吧。"

挂了电话,我定了定神,冲了杯咖啡,决定无论如何先把稿子炮制出来再说。最后稿子成型的时候,我已经把岁修作为背景一带而过,定题为《飘荡十二年的铁牛缓缓浮起》,稿子中极尽跌宕起伏之能事,几张铁牛"亮晶晶"的照片也非常抓眼,天亮收工的时候因为喝了四整杯咖啡,没有什么睡意,出去到信箱里拿晨报看,非常意外地拿到一封信——我已经近十年没有收到过手写信这样高级的东西了。

信封下署名:四川林缄。居然是林翠寄来的。估计林翠在我走不久就开始写信,才会信到人到。信写得很长,林翠在信里说,她把她记得的关于铁牛的资料都写了下来,铁牛的来历、一些传说、铁牛牛角花纹的考据、当初造铁牛者的身份和古籍上对此人的记载等。"铁牛铸于至元十二年,彼时川中大水,都江堰危悬一线。世祖忽必烈亲至太庙祈天。次月,传汉中天降玄铁,世祖命当世第一之匠人名王元泰者,领工匠上千,熔玄铁而混五金,铸六万斤铁牛,同时大修都江

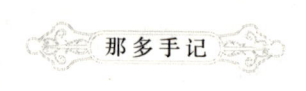

堰。铁牛既成,沉于鱼嘴之前永做分水之用。传水牛成后,王元泰整日坐于铁牛之侧,不饮不食,忽一日,不知所终……"她说,不知为什么,她相信如果这个世界还有一个人相信她,那就是我了。我看到"这个世界",蓦地一怔,我在她家的时候她也说过这样的话。她在信的最后留了她家的电话,说希望我打电话给她。我看完信不假思索抓起电话就打,拨过去却是"您拨的号码不存在,请查阅电话号码簿"。忽然想起都江堰市的电话是七位的,林翠在信里给我一个八位的号码。另外,我清楚记得我给过林翠其他所有我的联系方式,唯独没有给过她我家的地址。在四川我也没有给过任何人我家的地址,因为我自己从来没有记住我家是多少弄……为什么林翠搞错了自己家的电话,却如此神奇地知道我家的地址?

我想了想又给俞建国打了个电话,开口先问了一句:"俞老师,铁牛没有新动向吧,那我稿子就定下来了。"然后开始问林翠家的电话。

俞建国把林翠的电话给了我,顺便对我说:"昨天晚上,小翠原本一直住在重庆的妈妈听说女儿落水后记忆上出了些问题,连夜从山城赶了过来。"

我"哦"了一声,向俞建国道了谢。俞建国呵呵呵了几声说不用谢。挂了电话我拨通林翠家的电话,接电话的声音明显是林翠的母亲,问我找谁,我沉默了五秒钟,挂掉了电话。

过了两天,俞建国主动打了电话过来,开口第一句:"是小翠的事情。"

我问道:"怎么了?"

俞建国道:"小翠今早被送进了精神病院,是她妈妈的主意,她妈妈以前是做护士的，凭经验断定小翠是由于过度惊吓引起的记忆错乱，希望通过一段时间的治疗可以恢复过来。"

俞建国又说："小翠这孩子，一开始死都不肯去医院，后来我打了电话给医院的看护队，一起把她送了进去。在那里住一段日子应该对她身心都好吧。"

我应了俞建国两声，脑子里晃着的却是和林翠并肩眺望大江的画面，心里堵得慌。愣了一会儿，发现实在找不到合适的应对的话，只能说道："也好，小翠是有些问题，送到那里去治疗应该对她颇有益处的吧。"

挂上电话后，我当晚一夜没有睡好，脑子里重复播放那天和林翠一路看大江看过来的镜头。奔腾的江水、昂然挺立的鱼嘴、林翠模仿领导的口吻喊"翠花，上大坝"，一一浮现在眼前。我开始后悔那天拨了林翠家的电话又挂了，现在她进了医院，却没法给她打电话了。

这次的报道刊出后大受好评，我的稿子被评为甲等稿，拿了一千元奖金。从主编到社会新闻部的领导都对稿子赞赏有加，说我真有敬业精神，并指示我继续关注铁牛的报道，做一系列追踪报道出来，追踪一定要做得有依有据，我们《晨星报》是大报，办报态度要严谨，不能为了满足读者的猎奇心理而放弃科学的态度。由于俞建国的关系，追踪还是比较容易联系的，于是我应承了下来。

几天后，我打了几个电话到负责考据铁牛的研究小组处。虽说都江堰水利局对铁牛的研究非常重视，如俞建国所说把西南水利大学的首席教授都请来了，但由于关于铁牛的资料太过零散，要翻阅很多文献才能收集完整，所以铁牛的考据工作进度很慢。一个星期后，我终

于收到了对铁牛考据的初步报告,是研究小组给我发来的一封电邮。我最初一瞥就觉得里面的东西似曾相识,仔细看下来不由得越看越惊。这份研究报告上的主要资料,那天林翠在给我的信中有提及过。"铁牛铸于元至元十二年,彼时川中大水……忽必烈亲至太庙祈天。次月,修汉中天降玄铁,世祖命江湖铁匠王元泰铸铁牛以分水……传水牛成后,王元泰整日坐于铁牛之侧,不饮不食,忽一日,不知所终……"

我立刻打电话给发这份电邮给我的那个水利专家:"喂,您好,是许教授吗?我是《晨星报》的记者那多,非常感谢您给我发的那份资料,可是那些考证我前几天就见过呀。"

电话那头的许教授稍稍一愣,随后用微怒的口气说道:"怎么可能?我们的资料绝对是刚刚整理出来的,我们整理这些资料去翻文献的时候,许多文献已经几十年没人翻了,装这些文献的柜子的门,锈得一塌糊涂,都是硬掰开的。你不要套我的话了,俞建国跟我打过招呼的,给你们报纸的肯定是我们最先发布的,给你们第一时间报道的独家资料。"

挂了电话我陷入沉思,虽说在看到林翠的信时,我已经有些相信她说的都是真事,但是当这些真的被证实出来后,我的吃惊仍然是非同小可。我想起我在船上做的那个梦,如果那天落水被捞起来的不是林翠,而是一个比如自称是项少龙的陌生人,他告诉大家铁牛在1992年已经被捞起来了,并且说出如此多关于铁牛的研究数据,那所有人都不会认为他是在发疯,会把他当作什么呢?至少当作一个来自另一个世界的家伙关起来研究,听他细细讲述他那个世界里的事情和我们有何不同,就像纪嫣然听到项少龙吟李白的诗一样觉得不可思议。

第三章 / 回峰

但这仅仅是一个假设,现在我们这里并不是凭空多一个人出来,而是大家都熟识的林翠。因为熟识,大家不会怀疑林翠来自另一个世界,于是都在记忆这一点上做文章,认定林翠的记忆出了偏差——林翠的记忆突然和所有人的记忆对立起来,包括对林翠其人的记忆,没有任何吻合的地方。从概率来讲,一般不会是除了林翠外所有的人的记忆出了问题,只可能是林翠的记忆出现了问题——当然,这一点实际上并没有逻辑上的依据,只是根据显得有些卑劣的所谓"从众"原则。在一个疯子的国度,一个人只要不疯,就会成为唯一的"疯子"。

但是,林翠的记忆和其他人的记忆是有吻合点的,而且她的记忆比别人的记忆更有预见性。如果说是林翠的记忆出了问题,那怎么解释这个出了问题的记忆中出现了"预测未来"的东西?我同样不能怀疑林翠是来自另一个世界,而是觉得林翠的认知世界和其他人的认知世界分开了,某种力量使林翠的认知世界发生了一点偏离,从而和其他人的认知世界有了一些差距,但是林翠的认知世界和其他人的认知世界之间仍有契合点,而且这个契合点在经验上领先于其他人的世界——当然,这一切只是我的假设,只有这样假设我才觉得我的思考稍微有些顺序,可是这样假设也很可能是因为我对林翠怀有好感,这些天来一直在想她,以至于走火入魔。我没有任何证据证明我的假设,我的假设只是我暂时自欺欺人的一种思考。

我下决心要和林翠联系。我打电话到林翠家里,仍然是林翠的母亲接的电话:"喂,我是《晨星报》的记者那多,两个星期前我来都江堰做采访,看到你女儿落水……"

还没有等我讲完，林翠的母亲抢过去说："哦，是你啊，我听俞建国说起过你，是你把我女儿送到医院去的。这几天小翠一直说要打电话给你，可医院说要让她静养，说和越多人交流越不利于她的康复，所以不让她和别人通电话……唉，她落水后精神出了点毛病，所幸还记得你。"

原来俞建国已经向林翠的母亲说过我的事情了，真是专家也八卦呀。我正好趁势对林翠的母亲说："我也想念小翠呀。医院说不让她和别人通电话，那通信应该没问题吧。"

林翠的母亲想了想："嗯，应该没有问题的。"

我说："那给我一个她的医院的地址吧。"

林翠的母亲说："好的，你记一下……"

按理说追踪报道明天就该见报，但是我已经无心写稿子了，当晚我开始酝酿给林翠写信。我在写信前斟酌了很久，最后花了整整一个晚上把自己想到的一切都写了下来——首先告诉她从一开始就相信她肯定没有疯，愿意做"这个世界"里最后一个相信她的人，然后把我自己关于由于某种力量致使她的认知世界和别人的认知世界有所区别的假设讲给她听，又告诉她，我们这个认知世界和她的存在不少契合点，最后说想跟她多聊聊、多沟通，大家开诚布公地把所有知道的事情都讲出来，看看到底是哪里出了问题。我相信对于林翠目前的状况，我一定要和她讲真诚，因为她正处于一个怀疑周围一切并被周围一切怀疑的境地，但是我坚信她沦落到这一境地绝对不是病理的原因，背后肯定有一种更加玄妙的原因。

写完信天已泛白，我长长舒了一口气，在等她回信的这些日子里

第三章 / 回峰

我终于可以把她的事搁在一旁,一切等有了进一步的沟通再说吧。

此后的一个周末,我接到一个采访任务——F大因为开展助学贷款活动并办得有声有色,主编要我以此作为新的学生热点做一篇报道。

此行自然是一帆风顺,按照惯例只要到学校有关部门听取一下情况介绍,再到学校门口的银行拍摄几张照片就算完事了。至于学生拿了"助学贷款"是不是马上就到门口的电脑商城或运动名品店换成了GEFORCE显卡或者"加内特5",就不是我该关心的了。

在F大里,像梁应物这样以校园为家的年轻老师应该不在少数,恰好是休息日,他也不用上课,好歹该找他喝杯茶叙叙旧——在打电话约他聊天这件事上,我是这么对自己解释的。然而心底里,我确实有些事想请教他。

对于梁应物这样的工作狂来说,想要约他而不付出"等待"做代价是不可能的,他永远都有忙不完的事,休想"随传随到"。这次他就是十分明确地告诉我:"我还有些事没忙完,到我办公室来等吧。"我非常识趣地根据他在手机里的指示乖乖找上门去,要知道他在"我还有些事"的时候没请我吃闭门羹,恐怕是看在我在X机构里留有档案的面子上,而未必跟同学交情有什么关系。

梁应物是研究生物工程的,在走进他的办公室后,老实说对室内环境的简单我感到挺惊讶。"你这儿倒挺干净的嘛。"

"怎么?难道我这儿就应该乱七八糟才对吗?"梁应物头也没抬,语气依然咄咄逼人。

"不是不是……我的意思是,这里不大像是生物老师的办公室啊。我以为应该有点……分子模型什么的东西……"

"分子模型？"这下梁应物的语气软下来了，甚至两个字还拖了长音，但不知在写些什么的笔一点也没慢，一直等到过了几十秒，他停下笔满意地看了看手里的一大沓A4纸，我才知道他总算忙完了。

"分子模型？哦，你说的是中学里用塑料棒、塑料球做的那种啊。"他一面整理，一面恢复了正常的反应。

我背起包等他跟我出发，随口接道："是啊，还有原子模型，一个小球，周围套着个轨道，还有个球围着它转的那种。"

"哦，那种东西啊，只是为了便于中学生理解才做的嘛，实际上并不完全符合科学事实，大学里自然用不到了。比如你说的那个原子模型，其实电子围绕中子的运动根本不是像地球围绕太阳转，有个固定的轨道。我们也无法确定每一时刻电子的具体位置在哪儿，只是知道它大致在这个范围内运动，轨道其实只是表示它所处位置的可能性。"

梁应物一开口就是专家嘴脸，本来我向来看不惯他这一点，但是这次他提到的"可能性"三个字触动了我的心弦。过去一段时间里始终在我脑海里挥之不去的问题，一下子冒了出来。

"其实不光是原子，"看我若有所思，梁应物说得更来劲了，"只要是身在这个宇宙中，任何物体每时每刻都在运动，我们也无法知道自己确切所在的位置，只能根据某个参照物画出一个运动轨迹……"

"我们生活在一个可能性的世界里。"我喃喃道。

"你误解了我的意思，其实我是说我们自己的运动也并不精确……"

"不，我说的是另一个问题，"我打断了他，"我是说，你有没有想过，在我们的世界里，总是存在无数的可能性。比如说，我有可能是你的同学，也有可能不是；今天我有可能来找你聊天，也有可能不会；你的房间里有可能有原子模型，也有可能没有；我现在说这些话，你有可能打断我,也有可能不打断。总之,现实中发生的事情,只是无数种可能性中的一种,只有这一种成了'现实',而原本具备的那么多可能性都变成了'不现实'。"

"爱因斯坦原本说过'上帝不掷骰子',但是他后来收回了这句话。"梁应物的表情认真起来,"的确,我们的生活中充满了偶然。要去探求为什么那么多可能性里,偏偏这一种可能成了现实,而不是另外一种,是没有结果的,至少现阶段没有结果。我们只能说,这一切出于一种偶然。

"抛一枚硬币,落地时或正或反或直立,没人知道为什么,只能说这是偶然所做的选择。而有些事情,好像人类可以自主选择,比如我现在在口袋里伸出手指,让你猜是哪一根,似乎全凭我自己做主。其实从因果关系上来看,伸哪一根手指,不过是看我大脑里的某个神经元受了刺激或者没受刺激,其情况和抛硬币是一样的。我们的其他决定也莫不如此,不管它多复杂。从某种意义上来说,我们都生活在一种偶然的数字排列游戏里。

"人有时为了激励自己,会把这种偶然性神圣化,甚至把它说成是一种冥冥之中自有大意的必然。比如有本叫《纸牌的秘密》的哲学普及书里就说过,'一个人有一父一母,父母又各有一父一母,如此上溯十代,和这个人有血缘关系的就多达 1024 人;上溯二十代,就会多达一百万人。如果这一百万人里有一个出了点什么岔子,或者五十万对姻缘里有一段不成,二十代以后就不会有这么个人了。所以每个人都是十分珍贵的存在,都是一种奇迹'。其实这就好像抛硬币,最后直立起来的概率很小,就认为一旦直立起来,就不再是偶然,而是上天注定的什么结果。这种说法只是自我安慰,其实并没有什么上天注定,

偶然就是偶然,就是在无数可能性里随机出现的情况……话说回来,你不会是想和我做哲学探讨吧?这可不是个有意思的话题。"

对梁应物的长篇大论,我一直很耐心地听着,直到这时我才冲他笑笑,尝试把他引入我想说的话题:"你刚才说,根本没有上天注定。那我问你,你是否相信有外星人?理由是什么?"

"我当然相信有。因为人类没有理由狂妄到认为自己独一无二。说什么上帝只让地球上繁衍出生命是荒谬的。我们不过偶然符合了一些条件,从概率上来说,在别的星球上也会出现这种偶然的……你突然问这个干什么?"

我对梁应物的回答非常满意,于是对自己将要说的话更平添了几分信心:"我是想说,既然你认为,我们的星球并不是唯一的有生命星球,那么,是否可以怀疑,我们的'现实'也不是唯一的'现实'呢?"

看得出来,这个问题带给梁应物的冲击是不小的,他明显地放慢了步子——直到此时,我们才刚刚走出办公楼,来到校园里而已。其实这个时候,我也并不能明确自己所说的是一种什么假设,只是有些事一直憋在心里,实在不吐不快罢了。今天讲给梁应物听,其实也是想借他的头脑,帮我厘清一下思路。

走出大约十步,梁应物开口了:"你的类比并不贴切,但你的意思我明白了。既然我们的'现实'只是无数种有资格成为现实的可能性中的一种,而且也没有什么'上天注定'来说明只有这么一种'现实'是唯一合法的,那么就可以怀疑,是不是其他的可能性也构成了许多种'现实',存在于我们不知道的地方。是这样吗?"

"完全正确。"我很高兴他这么快就明白了我的想法,"我以前看过

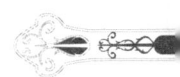

一个姓苏的写的科幻小说,他的构想是,存在着无数个平行的世界,每一个世界都有一种和其他世界截然不同的事实,这种差异或大或小,全部都是因某一个选择的不同而产生的。比如世界 A 里我家养的小猫上午吃了条鱼,牙里卡了根鱼刺;世界 B 里我家养的小猫上午吃了条鱼,但很顺利没卡鱼刺,就这么点差异,但构成了两个世界。"

"挺有意思,"梁应物耸耸肩,"但那只是科幻。"

"你觉得这种科幻有没有可能成为真的?"我紧追不舍地问道。

梁应物皱了皱眉:"从理论上来说……在没有能够证伪的情况下,我不排除任何一种假设,但是在没有证明的情况下,我也不能确立任何一种假设为事实。也就是说,有可能,这世界上的每一种可能性,都各自排列组合成了无数个可能性的'现实'——这话真别扭,你说的平行的'可能世界',是有可能存在的。"大概是注意到了我的并不释然,梁应物补充道:"现在我只能说'有可能',除非让我看到从另一个可能性组成的世界里来的人,我才能确信。"

当他说出这句话的时候,相信在他的眼睛里,我一定用一种非常奇怪的表情看着他。因为我说出的是这么一句话:"如果说有个人……不,如果说我猜,有一个人,就像你所说,是从另一个可能性组成的世界里来的,你怎么看?"

如果说当时我看他的表情不够奇怪,那么梁应物看着我的表情,就只能用"看见外星人"来形容了,不,对 X 机构的人来说,没准儿"看见外星人"根本不值得大惊小怪,而我这时候说的话才真的足够让人惊讶!

理所当然,接下来我对梁应物说的,就是水利研究员林翠小姐,

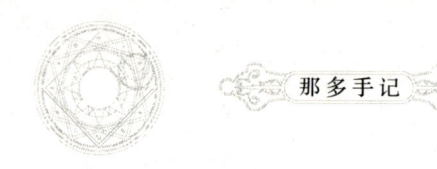

如何在一次落水之后，对自己所经历过的事情的记忆，和周围其他人的记忆完全不符，她如何把刚刚打捞上来的铁牛当成十年前就已捞起，她又如何如数家珍地轻易报出铁牛的具体数据，还有她如何告诉家里的相册所收的照片完全不一样了……这一桩桩一件件，其实勾勒出了我心里一直存在的一个模糊的怀疑——林翠根本不是记忆出了问题，而是她根本是从另一个世界来的！那个世界和我们的世界是平行的，也有林翠也有都江堰也有那多，唯一的不同是，在那个世界里，铁牛十年前就打捞上来了！

这个怀疑太过大胆也太过离奇，所以我直到今天对着梁应物说出来的时候，才真正地在脑海里清晰地产生。不能否认，我当时几乎是带着一种战栗来说完我的猜想的。我当时觉得，这简直可以称为"那多猜想"，成为物理学，不，哲学，不，甭管什么学王冠上的一颗明珠！

但是，随后梁应物对我的回答，一下子把我的恐惧和兴奋完全扑灭了。

他没有立刻反驳我，只是很平静地听完，问了我一个问题："那么，如果你那个朋友真是从另外一个'现实'中来的，本来这个现实里的'她'，又到哪里去了呢？"

我当场呆掉，心想自己太傻了，怎么把这么重要的问题给忘了？所以说把还没想清楚的问题、刚产生念头就讲给人听，是极其危险的，搞不好就要被人嘲笑！

当天我连茶也没请梁应物喝，就悻悻离去。作为记者，我很少那么失礼，但是那天说完这么伟大的猜想以后，居然被人轻描淡写地"灭掉"，这沮丧真的比想象中大多了。而梁应物也似乎因为打击过我这"科学门外汉"的异想天开，颇感满足，对于喝不喝茶反倒不怎么在意了。

当时陷于挫败感中的我，当然不知道事实的真正面目是怎样的。"现实"的一切的流向，对我来说还是未知。

生活在沉寂中度过了半个月后，我收到了林翠的回信。信看似很长，足有七页Ａ４纸之多，实际上内容只有两三页，很多地方都是写一句涂掉再写，再涂掉再写。一封信上墨团团比比皆是，可见林翠写这封信时心情复杂至极。信大致摘抄如下：

那多：

　　见信好。在医院一住近一个月，其他没有什么不习惯，常觉得异常孤独。除了母亲，来看我的人极少，整日对着依着窗就可以望见的天，或在户外的园子里散步。即便大家还是说我精神错乱，唯我知道我清醒异常，条理明确，思路清楚，长这么大也算体味过一回精神病院的生活了——这里所有人都各不相干，医生专注于病人，病人无法专注，整个医院能专注于窗外风景的，可能独我一人，远离水利工程队，一人在这医院里过乌托邦似的生活。

　　写上一段文字的时候我是自信的，我一直以为自己是很有自信的人。然而眼前这孤独令我时常陷入思考之中，过分地思考令我的信心一度开始动摇。细细想来，我的记忆似乎被清晰地劈成了两块——落水前是一块，落水后是一块，两块记忆界限分明却又分别清晰无比，两块记忆各有各的非常严密的逻辑推展却相互之间毫不相干。这样的记忆令我痛苦不堪。我一面自信一面痛苦，这样的痛苦令我无法自拔。两块记忆之间的你似乎也变了：一部分变得熟悉，一部分变得陌生。我不知道我对你的记忆是否有出错的地方。自醒来之后我失去了对所有人的信任，唯独仍然信任你。可能你是我苏醒之后见到的第一个人吧。我和你认识并没有多久，可我感觉你如此熟悉，令我宽慰。然后又看了你的信……我想见你，想见你一次。每天的孤独逼我思考，每天的思考逼我回忆，回忆明晰而混乱，这样的回忆把我逼疯了。所以我想见你一次，我希望有个人和我谈一谈，把整件事情和我一起理一理……如果你对我还有那么一点点的信任，对这件事还有那么一点点的怀疑，我就只有指望你了……

……………

信写得非常之乱，都是涂涂改改的地方，还请见谅了。其实你看到的这些信纸已经是比较干净的了，我揉掉的信纸远不止这些。我这封短短的信写了整整两天。无论如何，想见见你，盼着你来，真的盼着。

祝安好。

林翠
××××年×月×日

我捧着信看了两遍，随即做出一个决定。与其说这是一个决定，不如说是有一种什么样的力量牵引着我去寻找一些东西，或者用后来归纳出来的话说，在这个由无数可能性事件构成的世界中，有些事情的选择是偶然的，有些事情的选择则有非常强的必然性。这个决定，

第三章 / 回峰

似乎就是带有十足的必然性,因为做这个决定的时候,似乎没有意识参与其中,决定自然而然成为一个决定。

我拎起听筒打了两个电话,第一个电话打给报社,说铁牛有了重大发现,对方答应给自己独家报道权。具体是什么发现对方没有说,因为要求我必须亲自再去一趟。老板出人意料地好说话,也许正有什么别的事情占用了他的脑细胞,也许这也算是一种偶然吧。

第二个电话自然是去订了一张火车票。

就这样,我假公济私第二次踏上了入川的旅途。

沿路风景还是一样的风景,都江堰还是一样的都江堰。到了都江堰市之后,我特地先去了一趟江边。岷江江水磅礴依旧,铁牛被放在了江边,双角朝天,非常之气宇轩昂,一只鸟掠过,停在铁牛角上,稍顷冲天飞去。我暗暗朝这些事物叹了口气,动身前往都江堰市的精神病防治中心探望林翠。

林翠确如她信中所说的那样,浑身带着寂寞的味道。林翠不像医院里的其他病人,属于不能确诊的疑难杂症,一个病区里只有她一个人。她既不吵又不闹,住久了医生都懒得管她,任她一个人在那里疗养。林翠见到我,前一刻还憔悴难熬的眸子里一下子闪起了光。她问我:"你到底信不信我?"

我说:"信。"

林翠说:"那你想办法把我从这里弄出去。然后陪我去看一样东西。"

我问:"什么东西?"

林翠说:"铁牛。我仔细想过,在我两段记忆断裂的地方,最末和

055

最始都是铁牛。前一段记忆消失的时候，我是因为落水抓住了铁牛。然后醒过来，听到的第一句话，就是你说'铁牛找到了'。所以我直觉铁牛肯定是关键。你愿意帮我一起弄清楚整件事情吗？"

我说："好，我一定想办法把你从这里弄出去。"

林翠低声说："拜托你了。"

当我去找院方，向他们提出林翠要出院的要求时，医院办公室主任却说："哦，太好了，林翠提出院已经提了几次了，据我们观察她确实也可以出院了。你是她丈夫吧，你打个申请办完手续她就可以出院了。"

我微一惊异，说："我不是。"

办公室主任道："那你是她什么人？"

我说："……我是她的同事。"

办公室主任说："这样子啊。其实我们检查过了，林翠的逻辑思维完全正常，这些日子情绪也很稳定，和别人不一样的记忆这一个星期来也不听她提及了，照理说可以出院了。可是按照规定，林翠这样属于还没有确诊的，出院需要病人家属先提出申请。所以她要出院还得她跟家里联系一下。"

我愣了愣神，随即想起这是再合理不过的要求了。唯今之计……唉，已向林翠夸下海口，总不好撒手不管。

第二天，我再一次坐上了开往林翠家的出租车，随身拎着"今年过节不送礼，要送就送"的脑白金。林翠的母亲由于俞建国的八卦对我印象非常好，虽然我知道林翠跟她母亲提过出院的事情她母亲不肯，但我还是想去跟她母亲说说看。

第三章 / 回峰

进了林翠家发现林翠的房门上多了一张F4的海报,我惊异地问:"小翠已经回来了?"

林翠的母亲说:"哦,没有,这个门上不是有个洞吗,小翠和她爸爸老早住在一起的时候喝醉酒一拳打出来的。这次我来看到这个洞还在,小翠也不知道找木匠补一下,我就拿张F4的海报贴上它,看上去也舒服。"

我暗叹一声,唉,F4还真是老少通吃啊,回去可以做个追星霸王花的选题。我向林翠的母亲说明了自己的来意,大致是说已经去看过林翠了,交谈下来发现她已经没有什么异常的地方了,她自己也蛮想出院的,不如就接她出来住,家人照顾总比医院里好云云。

林翠的母亲朝我笑笑说:"还是让她多住几天好。我知道你向着她,她想出来就帮着她来找我说话。我以前是做护士的,知道这种病还是一次根治的好。今天我又给她送过饭,和她聊天的时候,看她有些事情还是没记起来,加上那家医院环境那么好,就让她在医院再巩固个把月看看吧。"

看来粉F4的林翠母亲果然不是等闲之辈,说不动她,我只好自己想办法把林翠弄出医院了。

说办法,其实也没有什么好办法,"007"看了二十部,可电影里的脱身办法一放到现实里就变得这般苍白。

我去医院再找林翠商量,林翠点点头,似乎早预料到她老妈的态度。

十点一过,发放药物的护士查完房以后,林翠小心翼翼地起身,

一副虚弱的样子。说实在的，我有些吃惊，她本来身体没毛病，难道住院会让一个人体质下降？我赶忙上前搀扶她。而林翠好像也正期待着如此，于是表面上是我搀扶着她，实际上是她拖着我，来到医院的园子里散步。

走到一座假山背后，这里沿墙堆着许多石垛，又遮人视线。

林翠说："其实出医院的法子我早就想好了，就是在等你来。我不是要你帮我出这医院，而是要你陪我一起出这医院，陪我一起搞清楚这事情的始末。一直以来，我都不认为这件事情是我失忆这么简单，特别是收到你那封信之后。但是这些假设都太荒唐，我不敢一个人去证实，所以要你陪着我。"林翠说话的时候紧紧抓住我的手，目光透着无限诚挚。

我还能说什么呢？为了这份诚挚，我只有心甘情愿地在林翠爬出围墙的时候，当她的垫子。

心中有鬼的我四下张望地从院子抄小道直接出了医院门，一路上连自己都觉得自己"贼头贼脑"：长这么大没有偷过东西，更不用说从公家偷什么，没想到第一次就偷了一大活人……那大活人还不知道怎么样，出去以后摔着没有……

走出医院门，我朝着围墙林翠跳出去的方向走去。那里已经停了一辆出租车，车后座上的林翠通过反光镜看见了我，立刻招手要我过去。等我一进车厢，林翠在催促司机快开的同时，又让我把茶色的车窗玻璃摇上来——她的一身病号服，还是尽量别被人看到好。

在车上，林翠用我的手机给她母亲发了条短消息，说她已经出院了，但是暂时不回家，有些事要干，和那多在一起，叫她母亲不要担心，随后就再也不搭理她母亲的回复了。我问她去哪里，她指指前面，

第三章 / 回峰

原来是一条类似上海七浦路的商业街。

哪里的商家都不会拒绝客人，即使客人穿着病号服。我耐心地在车上等待了二十五分钟，林翠终于一身光鲜地站在了我面前。开着计价器吹口哨的司机由于心情不错，一看到就马上叫好，我自然也赞了几句"好看"。女人挑起衣服一般是没完没了的，区区二十五分钟已经算是她知道情况紧迫只好委屈自己了。

林翠再次上车以后，报出了一串行车线路。看来她认定说了地方司机也不会认识。

大约十五分钟以后，车停在一家图书馆门口。

图书馆门牌上写着"×××××图书馆"。这是一个很小的图书馆，进门只看见有一个图书管理员状的老头，没有别的借书者。林翠向老头索借了几本岷江沿岸几个地方的地方志，老头颇有些吃惊，说："都三四十年没有人来这里翻这些地方志了，你们怎么知道这里有这样的书呢？嘿嘿，我本来以为除了我已经没有人知道这里有这些书了，这不，连'文化大革命''破四旧'的时候都没有人知道这里有这些'四旧'。"

林翠不以为意，她接过那些书，每每翻开前先给我说一段有关铁牛的资料，都是专家组的报告里没有的内容，然后随手翻开那些泛黄的书页，她的手指就如一根仙人的手指，所指之处她所说的东西就神奇地映现在书页上。她越说越自信，两眼放出带有希望的光。最后连这家图书馆的来历，她都一清二楚：这家图书馆原本是民国时一个对都江堰很感兴趣的人的私人收藏，新中国成立后几乎为人所遗忘，但是这里有许多古书，甚至是珍本、孤本。

林翠告诉我，住在医院的那段日子，她通过和她母亲的交谈发现，

她的记忆和别人所谓的记忆其实出入并不是很大，生活上90%的细节甚至吻合得丝丝入扣，但是不吻合的地方——比如铁牛——现在她的许多记忆点也在这里一一得到了证实。"今天带你到这里来，一是要证实我的一些记忆点，二是想再翻一翻这里的书籍。还记得我对你说过，铁牛肯定是个关键吗？这里的书我大抵只翻了一半，还有一半我们今天好好翻一翻。"

这一翻果然翻到不少和铁牛有关的事件。其中有一篇野史大致说铸造铁牛的原因：都江堰自造好，岷江上的渔民有时会发现怪异事件，像渔具、渔船甚至渔民都会时而不见，一千多年来这种事件不时发生，铁牛的铸就，便是镇邪之用，铸完之后颇见"功效"——先是铸造铁牛的王元泰无故失踪，又过数月，"天降紫气，岷江水日升三丈，没铁牛，次日水退而铁牛不见其终"。并说此事惊动了朝野，元世祖派了好几批水性好的人下水寻找铁牛，都一无所获。"铁牛既失，往日种种异状则复现，屡而不鲜也。"正史没有提到过渔具渔民不见的事，王元泰失踪倒确有记载，关于铁牛的下落，则说是被一次洪峰所携泥沙冲走。"暴雨数日，雨停而洪水至，沙石齐下，卷铁牛入江中，不复寻归。"

一直到图书馆闭馆，老头要回家吃饭才把我们赶了出来。天色已暗，我建议林翠一起去吃饭，林翠却说："我脑子很乱，有许多话想跟你说，却说不好，可能要好好想一想。你先回宾馆，我晚上来找你吧。"

林翠打了辆车先走了。我在江边散着步，眼见一个渔民正泊舟靠岸，看来是鱼获满仓准备回家了。我向那渔民打了声招呼，问他："大伯，你在这里打鱼多少年了？"

渔民一口四川话："怕有三十年了吧。"

我问道："有人说在都江堰旁打鱼老是会少东西，这个是真的还是假的呀？"

渔民道："少东西？当然不会没有了。我去年就少了两个篓子和一张网。你那都江堰旁打鱼都会少东西的说法我倒头一次听说，我一少东西我老伴总是怪我，老了，没用了，没记性了，吃饭的家伙都会没有。唉，不过去年倒真有一件怪事，江对过儿张家的小三，那一网网到一堆鱼啊，正一边拖一边美着呢，忽然手里就轻了，一看怎么着，网没破鱼全没了。"

我谢过老渔民，顺便问他买了两斤鲜鱼，拎回宾馆准备边吃鱼边等林翠来，拎着鱼却想起王二请陈清扬吃鱼的故事来。

第四章

歧路

Chapter 4

当晚我在外面简单地吃完饭,回到宾馆洗了个澡,看了一会儿不认识台标的电视节目。时针指向十点整,左右无事的我打算破天荒地早睡一遭,就听到了敲门声。

从猫眼里就可以看出林翠神色凝重,非比寻常。我忙把她让进屋里来,给她倒了水,请她坐下。

林翠没有立刻说话,似乎在想着措辞。我看气氛有些拘谨,就先开了口:"记得在王小波的书里看到过一个故事,说阿拉伯那地方有个人深夜去他朋友的家拜访,他朋友马上起身,披上铠甲,左手拿着钱袋,右手握着剑,对他说:'我的朋友,你深夜前来,必有缘故。如果你欠了人债,我替你偿还;如果有人侮辱了你,我这就去为你报仇;如果你只是清夜无聊,我这里有美丽的女奴供你排遣。'"

听到我一本正经地讲了这个故事,林翠嘿嘿一笑:"你们这些男人,就是老改不了把女人当作货物的毛病。"

"哪有?"我争辩道,"关键不在这儿,这故事说的是友谊。王小波引用这个故事,就是说交朋友该当如此。而朋友深夜来访,怎么应对才算得够义气。"

"那么我呢？你把我当朋友吗？"

"当然。"我回答得很干脆。

"那你打算怎么接待我？"

"这个嘛，"我故作沉吟状，"既是红颜知己，总要有些不同。我想过了，一般碰到这种情况，我大不了穿好运动装，一手捧信用卡，一手拿块板砖，说：'你若周转不灵，我的工资卡在这儿；若有人欺负了你，我这就去抽他丫的；如果你只是孤枕难眠，我也不介意为你暖床……"

"呸！"林翠被我逗乐了，笑着啐怪，"和你说正经的，你知道我为什么那么晚来找你？"

我摇摇头，等着她说下去。

林翠正色沉默了一会儿，一开口却出人意料："我是在诺诺上幼儿园之前搬来现在住的地方的。他们一家人一直和我关系很好，可以说我是看着她长大的。

"起初我并没发现她有什么特殊，她经常来我家玩，我也觉得她很可爱，也没什么，就是有一般孩子都有的小毛病、坏习惯。那时我爱喝果汁，就买了台榨汁机，有时她来我家，我也会做果汁招待她。但是每次做西瓜汁和番茄汁的时候，她就很抵触。当时没有细想，后来才发现……"

"她晕血！"我插口道。

"对，她晕血。但是仅凭这个还不能确定。我第一次确切知道她晕血，是在她上一年级的时候。那时候学校体检验血，她当场昏了过去，被她妈妈领了回来。当天我正好休息，看到她回家还特意问了原因，所以绝对不会搞错。"

我沉默了，回想起那天到林翠家，碰到摔破了皮的诺诺时的情景。当时小女孩的表现，分明连晕血是什么都没概念。

"我也想过自己的记忆是否出了偏差。"林翠抢在我提出之前说，"我也想过，是否有人把……或者说某些事情使我的记忆完全改变了？是否我的大脑里出了点毛病，就好像电脑游戏的存档错了一位数，就成了另一个进度一样？

"这些日子以来我仔细考虑过，我发现自己在落水以前的记忆完全连贯得起来，而且事无巨细，都非常具体，该记得的地方记得，该模糊的地方模糊，绝没什么不自然的地方。如果说记忆出问题，就把十几年的事情都大大小小地改变了，未免太不合情理。

"我一直都没有机会跟你说我记忆中有关铁牛的事情，也没有提过我落水的缘由。现在，我把这一切考虑清楚了，回忆得真真切切。不管别人说我精神有问题也好，说我胡编乱造、危言耸听也好，我都不怕了。我有这个自信，自己所说的这些，是我自己真正切身经历过并且记在脑子里的。我之所以只对你一个人说，是因为我觉得，当我不再犹豫害怕，而以坦白的态度告诉你一切的时候，你是会相信我的。对吗？"

说到这里，林翠停了下来，等待我的答复。面对这样一双清澈而坚定的眼睛，我实在看不出任何妄想症的狂热迷幻的色彩，而在接触林翠这件事情以来，我也在心底慢慢相信了这事别有隐情。所以，当此时林翠征求我的答复时，我毫不犹豫地重重点了点头。

林翠欣慰地笑了笑，继续说下去：

"我所记得的铁牛是1992年大修的时候发现的。当时发现的情景，也和你们转述给我的'这次发现'的情景一样，是在截流合龙的前夕，突然探测到金属反应。随着截流成功，它露出了水面。

"为什么发现的水道以前没有探察出任何异状？为什么几乎没有泥沙掩埋的痕迹？为什么铁牛简直像新的一样？当时就有这些疑点，和这次你们所奇怪的问题完全一样。

"因为有这些问题悬而未决，水利和考古两方面的学者都对铁牛做了详细的研究。包括详细的测量、化验分析，以及历史资料的调查。但是一直没有能够解答以上疑问的结论。

"1992年以后，研究所一直没有放弃对这些问题的探求。我进入研究所以后背熟的第一串数字，就是这铁牛的长、宽、高。

"尽管问题没有答案，但打捞上文物铁牛的事实，毕竟是振奋人心的消息，也算是重大考古成就。于是在市政府的安排下，铁牛就被安放在江边，作为历史遗迹供人瞻仰，成了一个旅游景点。

"这些年来，我有好几次跑到江边静静地看着那尊铁牛，想象着它被铸造出来时的情景。这期间不止一次地和它一起拍过照片。"

"照片！"我几乎跳起来，"现在这些照片呢？"

林翠摇摇头，"我翻过相册，应该是我和铁牛合影的那栏里，却是这张照片。"

我接过林翠递来的照片，发现这的确是在都江堰边拍的，但照片里的人物是林翠和一个高鼻深目的金发青年。两人神色亲昵，那青年的手还环抱着林翠的腰，而她看上去很开心。

林翠苦笑了一下："我拿去问过人，他们说他是我的男朋友，西南大学的留学生，和我谈了两年恋爱，结果回德国做牧师去了。还说我当时哭得很厉害，怎么劝都劝不停……"

我皱着眉问她："是真的？"

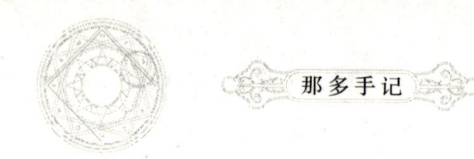

"怎么会？我完全不认识这个人。"林翠的声音显得很无奈，"我甚至以为有人和我开玩笑，拿这张照片去问专业人士，看是不是电脑合成的。结果人家说这完全是正常手段洗出来的，后来我还在家里发现了底片。"

我对着灯光看了看底片，例行公事似的算是确认过了。有关这个子虚乌有的德国男友，我似乎比林翠更希望他根本不存在。

空调发出轻微的声响，窗帘遮没了整扇窗，在我们两人都没说话的瞬间，我突然对这个房间产生了极不真实的感觉。

我突然开口问："那我呢？关于我，你记得多少？"

"你……"林翠沉吟了一下。就在她沉吟的这短暂的瞬间，我感到自己紧张万分，既然一张照片证明和她确实合影过的男友在她的记忆里会变成不存在，那我呢？我在她的记忆里会变成什么样？会不会多出些我不知道的事？我不禁想起前一阵看的一套VCD《创世纪》，蔡少芬饰演的角色在一次车祸以后失去记忆，剧中古天乐就此失去女友。不知道现实中这样的事情会不会反着发生？

林翠的话语马上打消了我的胡思乱想："我记得我是在川中镇甸的长途汽车站认识你的。"见我点头，她继续说下去，"那时是岁修合龙正式开始的前两天。你到了市区以后就直接回宾馆了，第二天你去找了俞老。"

到目前为止一切都对，我一边点头一边问："你记得你接我的当天和我说过什么？"

"说过什么……"林翠低头想了想，"哦，你问我是不是专做接待工作，不知道能不能算是对我相貌的间接夸奖……"

我笑了笑，心想，原来她连这也还记得。

第四章 / 歧路

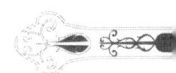

"后来我还向你介绍了岁修的情况,为什么要用古法截流,以及怎么个截流法……"

我打断了她的话:"你记不记得你当时和我说的,有关方面都很期待这次能打捞出铁牛?"

林翠深深皱了一下眉头,叹了口气,继续保持平静的声音说:"在我的记忆里,你当天和我一起来到河道旁,是一起看到铁牛的,你当时还拍了照……你还让我和铁牛站在一起合影,我不肯……"

我急忙拿出相机:"你看清楚,是用这个相机照的吗?"

林翠做了个手势让我不要着急:"我明白你记得的和我不同,你也肯定没有那张铁牛的照片。这一切都在一开始就错了。"

我沉默下来思考。看来迄今为止所有与铁牛相关的事情,林翠的记忆都和别人不同。即使是我这个近期才出现,可以说和她偶然相遇的外乡人,也是其余的记忆都对,只有有关铁牛的部分不同。这很容易让人联想到,整件事是一个有关铁牛的阴谋。然而,那个德国男友和有晕血症的诺诺,无论怎么看都和铁牛扯不上关系……

林翠看到我不动声色,开口说:"我知道你在想,这一切和铁牛有莫大的关系。我也是这么认为的,现在我要告诉你,我所记得的那天晚上发生的事情。"

我知道她说的那天晚上,就是截流前的一天晚上,也就是她喝醉的那天夜晚。听到她语气郑重,我不由得正了正身子,如临大敌地听她讲。

"当天晚上,天下大雨……"

我心里咯噔一下,我原本预备好听到一个截然不同的"事实",没想到,第一句话就出现了巨大的差异:我记得,当夜月朗天清。

林翠继续说道:"我突然很想到江边看看,看雨势会不会影响到截流。虽然天气预报说雨量只是中等,但看当时的雨势,完全是暴雨,而且一点停的趋势也没有。这样下去,很有可能要将截流合龙的日子推迟。

"我来到河道边,当时没有一个人。水位看来已经很高,铁牛的影子在岸边显得特别孤寂。那时候我突然觉得自己和那铁牛很像,也是孑然一身,在这样的大雨里,孤单地站立。

"就这么想着,我就自然而然地往铁牛那里走去……"

此时我打断了林翠:"铁牛是怎样放置在那里的?是任何人都可以随便接近的吗?"

"对,就是放在河道边,没有栏杆也没有雨篷之类——因为没人能抬走那么大的铁牛,铁牛不是铜牛,也不会有人把它砸坏卖钱;而如果不是露天的话,视觉效果会打大折扣。本来是说要把铁牛放在新修好的鱼嘴上,作为'镇压'之用。但这是真正的文物,这么做有点风险,而且也不方便以后搬运。

"总之,在我的记忆中铁牛是可以随便接近的,所以游客才能很随便地与铁牛合影。

"我正走到铁牛身边的时候,就听到了震耳欲聋的水声。"

说到这里,林翠抬头看了我一眼。在她的眼睛里,我还可以看出一种心有余悸。

"当时我还不清楚究竟发生了什么,就被水吞没了。现在想起来,是合龙前下到江里的杩槎造成的水位落差,在大雨持续的冲击下终于被冲破了,内河道的水位一下子暴涨,漫延到岸上来……用现在的眼光来看,这算是岷江数十年难得一见的洪峰吧。我也想过这未免太戏

第四章 / 歧路

剧化了，但这是不容改变的事实。

"当时我真的害怕得要死，脑子里唯一能想到的，就是抓住什么不要放手，千万千万不能放手。

"说到这里你也猜得到，那被我抓住的东西就是铁牛了。我记得我当时被水冲得浮了起来，只好死死抓住牛角，大概觉得这地方最称手，加上害怕被它扎到。

"后来我就失去了意识，醒来的时候，就是被你们救起时。

"我知道自己昏睡了很久，但总觉得无论如何不可能过了一夜。如果我一直在水里，岂不是早被淹死了吗？"

我深呼吸了一次，直到此时，我才真正知道，在林翠的世界里，究竟发生了一些什么事情，这些天来，她究竟经历了一个什么样的过程——深夜暴雨，罕见的洪峰，溺水险情，抓住铁牛求生，被救却是在第二天近午，从此一切都变得不同，所有人都说自己面对了十年的、危急时刻抓住赖以求生的铁牛是刚刚打捞上来的；晕血症莫名其妙痊愈的邻家小妹妹；子虚乌有却有照片为证的男朋友；因为"记忆异常"被送进精神病院；现在唯一可以信赖的人，是才认识不到一个月、一心想找八卦新闻的记者。

林翠不再说什么，只是看着我。而我一时也找不到适当的词句，沉默了半晌，我问她："你现在有什么打算？"

"弄清真相。"林翠回答得没有一点犹豫，她的脸也似乎换了一个人，呈现出前所未有的刚毅、决绝。

她继续补充道："我也想过，自己是否太过执着，太拘泥于所谓真相？这件事发生之后，其实我的生活并没有太大的改变，我的工作、我的身份、我住的地方都没有变化；我的家人、同事、朋友，除了那

069

个已经消失不见的男友，都没有什么太大的改变；包括这次认识你，尽管我知道在一些事情上我们的记忆不同，但没有改变我们彼此的看法——

"如果我可以就此忘记过去，把这个铁牛在2002年才打捞上来的世界，当作自己从小到大所过的生活的一种接续，也未尝不可太太平平地过下去。"

听到"这个铁牛在2002年才打捞上来的世界"，我心念动了一下，想要开口，但林翠已经长吸了口气，继续说下去："但是我不甘心！"

"人生不过几十年，到头来所有的功名利禄、欢乐悲伤，一切都会过去，人在临走前的一瞬所能回想起的一切，不就是她从这个世界所能带走的所有吗？甚至可以说，人的一生就是她的记忆。

"所以，我不要我的记忆里有任何解释不通的地方。生命于我只有一次，我不希望它有任何不明不白！"

林翠的这几句话说得斩钉截铁，让人对她平日里产生的柔弱的印象大为改观。我听了也是一阵热血上涌，只觉得不管拦在林翠面前的是怎样的迷雾和障碍，我都会尽全力和她一起冲破它，不是因为林翠是个美女，而是因为她是个坚强果敢的人。这几句话当时产生的影响力就是这样的，以至于我虽然不能保证迄今为止在这件事中我所记录下来的对话全都精确无误，但能够清清楚楚记得这几句话都是原话，一字不错。

热情帮助人下定决心，但真正解决问题还是要靠冷静。在听了林翠的"宣言"之后，我暗自对自己的大脑下了指令，让它以提升一个档次的速度运转，同时毫无顾忌地说出了自己一直以来的想法：

"你刚才提到'这个铁牛在2002年才打捞上来的世界'。你知道

第四章 / 歧路

吗，我曾怀疑过，也许你是从另一个世界来的？这里本来就和你的世界不同，只是表面相似而已。"

"我也曾想过。"林翠认真地点了点头，"其实我曾经一直想过，每个人的过去都有那么多让人后悔的事，如果某某事情我没有这样做，而是换了一种方法处理，或者虽然我的方法没变，却没有不幸失败，而是成功了，也许以后的一切事物都会不同。

"人生的道路就好像有很多枝权，每一个道口都有许多岔路，通往各不相同的新道口。出现得越早的道口，对现在的影响就越大。所谓'牵一发而动全身'。

"在现实中，我们每次只能选择一条道路，一旦做出选择，那些被放弃的岔路就跟消失了一样。最后留下一条清晰的主干道，名字叫作'现实'。如果那些选择每个都被做了一遍的话，根据排列组合，就会产生无数条主干道、无数个现实。我们每每想到，当初如果换了一种选择会怎么样？也许会在心里设想出一整套完全不同的现实人生，但是只会把这当作一种虚幻的可能性。如果说，这些可能性其实都存在呢？"

听到这里，我忍不住了，接着林翠的话说了下去："比如，铁牛不是在 2002 年找到的，而是出现在 1992 年，那么你就可能和它合影，就可能把它的数据记得清清楚楚，也有可能是这点细微的改变，导致你认识了一个德国男友。"

说到这里，我们两个人都静了下来，四目相对。

"那多……你说，我会是从另一个世界来的吗？"

林翠向我提出的问题，我不是没有想过。平日里与人交往，如果

071

觉得某人的想法和其他人都格格不入，或者对于一些事情的认识都很特殊，往往会调侃道："你是从另一个世界来的吧？"这意思当然不是真的指天堂或地狱，而是常识、习惯都完全不同的世界。而当这样一句话成为一种现实的疑问时，让人超脱出惊诧和恐惧，有一种奇妙的美感。"我为何如此幸运，能够遇到来自另一个世界的你"这种电影 E.T. 里小主人公的心情，我在此时注视着林翠的脸庞时已有所体悟。而我相信，林翠也如我一样，被这样一个想法的奇妙色彩给迷住了，根本顾不得什么恐惧啊惊慌啊，我们就好像回到小孩子的时候，回到相信有仙女教母和七十二变的时代，对于一种完全冲破常规的可能性而欢欣鼓舞，丝毫不介意自己在这一"反常"中扮演的是旁观者还是主角。

然而，这只是一闪念间。我根本没有忘记，自己曾经在 F 大的校园里向梁应物提出过这一设想，而当时梁应物中止了我的猜测，只是提醒了我一句简单的话：如果林翠真的来自另一个世界，那么这个世界的林翠哪里去了？

我马上把这个疑问对林翠说了。

而她并没有表现出什么意外，似乎对这个状况早就胸有成竹。而她接下来说的话、提的问题，更是让我完全摸不着头脑："那多，你读过《时间简史》吗？"

"没有。"我老实回答，"但是我听说过这本书，很多人认为它是近年来写得最好的科普读物，它的作者斯蒂芬·霍金，堪称坐轮椅的先知，是继爱因斯坦之后伟大的科学家。"

林翠点点头："没错。在这本书里提到了一个实验。"

我正想着这会不会是一个有关无数平行的世界是否存在的实验，

林翠就在纸张上画了平行四边形,在其中画了两条与底边垂直的线段,然后在平行四边形的左下方画了一个圆圈,在右上方画了一个大一点的平行四边形。

"你是否记得,高中课本上有过这样一个实验?"林翠此时就像是给学生讲解课程的老师,"在一块纸板上开两条缝隙,用一个手电筒透过这两条缝隙,照射到纸板后面的黑幕上会产生一个什么现象?"

我想了一下:"好像是会产生斑马纹状的条纹吧?"

"回答正确。"林翠的表情真的好像是在看答对问题的孩子,"你知道为什么吗?"

我虽然不喜欢被人看作小孩,但是偶尔返回一下学生时代,体验一下被温柔漂亮的女老师表扬的感觉好像也不错。"我记得好像是因为光波透过了两道缝隙,就好像成为两个光源一样,波峰和波谷之间产生了干涉,于是出现了亮暗区别的条纹。"

"那多,"林翠突然收起了笑容,并且严肃地喊出我的名字,我在那一瞬间觉得自己一定是答错了,谁知道她说,"你虽然当了记者,大学里学的是文科,对物理知识记得的还真不少嘛。你这回答简直算得上是标准回答,相当不错,值得表扬。"

我不禁有一丝得意,看来记性好的确是我的必杀技。

"你既然知道这个,就好解释多了。"林翠继续她的"讲课","如果将光源换成粒子源,照射过这样的两条缝隙,也会产生一样的条纹。这你知道吗?"

我点点头:"嗯,这容易理解。光本来就具有波粒二象性嘛。粒子和光产生相似的结果也是正常的。"

"原来你连波粒二象性都懂啊?"林翠的惊叹渐渐让我感觉到是一

种贬低了，好歹我是 F 大学生，即使是文科生，即使这文科生也是混出来的，好歹背几个科学名词总会的吧。她这样大惊小怪，未免太小瞧我了。自然，如果要我解释什么是"波粒二象性"，我最多能回答"光既具备波的特征，又具备粒子的特征"，至于这特征的实质是什么，为什么会产生，我就一点也不知道了。

"回答得不错，虽然原因并不是这个，不过你能明白就好。"林翠显然不愿意在技术层面跟我这外行人纠缠。"斯蒂芬·霍金在《时间简史》里清楚地写道：'由于粒子流和光不同，它的量可以精确地计算控制。'所以我们通过实验可以得知，如果一个时刻通过缝隙只有一个电子被发出，会产生什么情况——你知道会产生什么情况吗？"

我想了一下，并没有马上回答，而是整理和推断："如果只有一条缝隙，光源打在黑幕上显示的是均匀的分布，而两条缝隙会产生条纹，就是因为互相干涉了。而粒子流既然也是这样，就是因为经过两条缝隙的粒子互相干涉，使得落在黑幕上时，有的地方粒子多，有的地方粒子少。如果一个个地放出粒子，每个粒子一次只能通过一个缝隙，那么就跟只有一个缝隙一样吧。那么应该是均匀地分布，不会有条纹出现才对。"

"你错了。"林翠狡黠地朝我笑了笑，"这是你今天第一次回答错误。不过这不能怪你，几乎是谁都想不到：事实是条纹依然出现。"

"怎么会呢？"我马上皱眉，只是喃喃自语——即使我敢怀疑林翠，也不敢怀疑斯蒂芬·霍金啊。

"不可思议吧？"林翠兴奋地用了设问句，"知道这意味着什么吗？这意味着：每个电子必须在同一时刻通过两条小缝！"

"每个电子……在同一时刻……通过两条小缝……"我重复了一

第四章 / 歧路

遍这句在逻辑上显然矛盾的话。思路一时陷入一种停顿的状态。

"听上去不可能是吧？"林翠断然地说，"实际上它就是经过科学证明的事实。我之所以举这个例子，就是为了说明，很多我们平日里认为不可能被违反的原则，事实上是可以被打破的。"

"你的意思是……"

"既然一个电子可以同时通过两道缝隙，那么为什么一个人不可以同时存在于几个世界呢？"

一个人同时存在于几个世界！

比这个概念更让我惊讶的，是林翠说出这句话时的认真表情。这简直是荒唐的想法！然而此时我反驳不出来，不知是因为之前的那个类比确实有点道理，还是林翠自身的态度带给人信心。

"我在想，"林翠进一步解释她的话，"如果说，每个事件的每一个细微不同，都可以构成一个新的世界，也就是真的存在着无数个可能性的世界，那也未必说这些世界中就有许多个我。铁牛在1992年被打捞上来的世界和铁牛在2002年被打捞上来的世界，都有我；诺诺患有晕血症的世界和她没有这种病的世界，也都有我……这些我未必就不可以是同一个人呀！在不同世界里表现出来的我，都是唯一的我的投影，是我的分身，而真正的我始终只有一个。"

我思考了一下，决定不纠结于这个问题："你的推论也许是对的，也许是错的。我原先和所有普通人一样，以为一个物体不可能同时存在于两个位置，现在你告诉我这是可能的。由此你推测，也许一个人也可能同时存在于两个世界，即使他的分身从一个世界被错乱地扔到了另一个世界，也不会出现两个他同时出现的状况。由此使得'你来自另一个世界'的推断变得合理可行。我无法指出这有什么不对，但

这仅仅是推断而已。"

"不错,这仅仅是推断。"林翠的态度很冷静。

我继续说下去:"我想,我们在这里讨论理论也并不具备太大的意义,因为我们缺乏事实来佐证。为今之计,不如去看一看……"

"铁牛!"林翠抢着打断了我,说出了我想说的话。

的确,既然铁牛的打捞时间是"两个世界"(如果真的存在两个世界的话)的重要分歧,而林翠宣称落水的那晚恰恰又是和铁牛在一起,那我们没理由不对铁牛好好地做一番调查。

"现在就去?"我看看表,已将近午夜12点了,而林翠的表情又分明在说她是认真的。我转念一想,如果要去调查铁牛,趁着深夜也不失为一个法子,白天人多,想从备受瞩目的铁牛身上找到些什么真的绝非易事。

深夜离开宾馆的一男一女经过楼下服务台的时候,我分明感觉到有奇怪的眼神在看我们。

外面的地面都湿了,看来刚才不知不觉间已下过雨。

本以为在都江堰这样的小城市,深夜拦车并不是件容易的事。谁想到大概因为小城的夜生活也很丰富,夜晚出来兜客的出租车并不算少。然而一听说我们要去的地方是已经截流的岷江内河道,接连几辆车都摆手说不去。气愤之余却毫无办法,这里不是上海,我都不知道打什么电话去投诉拒载。

最后还是在一个相对繁华的街角,一下子看到有三四辆出租车在等客。看到我和林翠,几个司机纷纷出言招揽,林翠示意我和她一起暂且观望,一言不发。果然几个司机互相言语竞争起来,马上就有类

第四章 / 歧路

似"上哪儿我都拉你去"的话出现。林翠猜对了他们的对话,这才顺利地搭上开往"铁牛居所"的车。

夜路上突然又下起小雨,我们在出发时所抱持的兴奋心情,此时已经被面向不可知事物的叵测感所取代,寂静的车厢里不闻人声,向来好侃的川中司机大概也因为接了这趟生意有些吃亏而兴致不高。

就是在这样的气氛下,林翠不着边际地问了我一句:"那多,你知道相对论吗?"

"知道啊,爱因斯坦创立的嘛。"

"知道它实际上讲了什么吗?"

"……好像和一个什么公式有关吧……好像就是因为它,我们知道宇宙航行里,速度越快,时间就过得越慢。才会有一些科幻片里参加宇宙航行的人返回地面,认识的人都已经老了的情节。"

"嗯。"林翠微微点头,"相对论的本质,在霍金的《时间简史》里用一种很简单的方式描述了。我简单给你讲一下吧。"

"好。"我知道林翠突然提起相对论必有原因。

"我们都知道,速度 = 位移 / 时间。测定一个运动着的物体具备怎样的速度,只需要计算它在一段时间内通过了多少距离。

"测定光速,也是运用这样的方法,只不过更加精确和复杂。在本质上,这和测定一辆火车的速度是一样的。

"我们都知道,如果我们站立在铁轨旁测定火车的速度,所得出的结果,一定和我们坐在另一列运动着的火车上测量出来的速度结果不同。因为测量者自身的运动状态不同,测量对象的位移也就不同了,这样得出的速度自然不同。

"这个道理应该也能够运用到对光速的测量上才对。在相对论确立以前的科学家,都是这么认为的。当我们正对光源做运动的时候测量出来的光速,应该比我们不对光源做运动时测量出来的光速要大,就好像我们面对火车奔跑时测量火车的速度一样。

"然而事实是,1887年两位科学家做的非常精确的实验证明,在这样两种情况下测量出来的光速完全一样。

"此后类似的实验被多次重做,但结论完全一样,无论观测者在宇宙中以何种速度、向哪个方向做运动,测量出的光速完全一样。这跟测量火车速度的状况截然不同。这种不同是因为什么呢?"

我当然没有接腔,林翠显然也没打算让我回答:"我们以往总认为时间是绝对的,如果一道光从某处发射到另一处,不同的观测者不会对它在这个过程中花费的时间有什么异议,因为时间对大家来说都一样。他们只会对这道光到底走了多少距离有不同意见,因为宇宙中的每个点都在运动,观测者自身的速度是不会完全一样的。逆光运动的观测者认为光走了很长距离,而顺着光做运动的观测者可能觉得这距离非常短。

"相对论的伟大之处,在于假设了不管观测者以什么速度运动,科学定律对他们来说都是一样的。落实到现实中,被实验证明了的,就是光速都是一样的。

"在速度、时间、距离这三个要素之中,任何一个都别想在其余两个不变的情况下,单独有什么改变。现在,既然光速总是不变的,而对于距离,不同的观测者有不同的看法,那么对时间,他们也该有不同的看法才对。这样才能维持'速度=位移/时间'这样一个公式。所以实际上,绝对的时间不存在了,在不同运动状态下的观测者,他

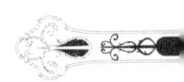

们所过的时间是快慢不同的!

"绝对地来说,宇宙中任何两个不同的人,都在用自己的一套钟表;宇宙中任何两个不同的点之间都会有一种'时钟差异'。

"我之前所说过的那个,粒子冲过两道缝隙的实验,也许可以用这样一种观念来辅助理解。我们所认为的'同时'通过,其实未必是真正的'同时',因为在两道缝隙之间也存在着微小的'时钟差异'。

"我真正想说的是,怎样去理解'一个人可以同时存在于两个世界'。也许这种同时就跟一个电子穿过两道缝隙的同时一样,是由于时间本身在每一个点都是不同的。我们以为不同可能性组成的无数世界,是一种平行存在着向前继续的状态,其实它们完全有可能是连贯着有先有后的,我们感觉到它们平行,就跟我们感觉到电子是同时穿过两条缝隙一样,完全是时间不同造成的错觉。"

林翠的话非常深奥,我理解起来颇有难度。我所能知道的,就是林翠的这些话让我的思路开阔了不少,让我的思维习惯中许多不可能的地方都变成了可能。即使我不能完全理解这番话意味着什么,我也可以明确地感受到,林翠正在力求完善她的"一个人同时存在于两个世界"的理论,力求把它归结于一种合理,不管这"合理"本身是多么高深,甚至显得"不怎么合理"。

这个时候,我当然不能说出"虽然我不明白,但我会一直支持你"之类的话,这种肉麻的连续剧台词在现实里一点作用都没有,而且现在也不是说这种话博取好感的时候。但是我也同样不能违心地说"我完全明白你所说的",因为我知道自己无从和她讨论下去,帮助她达到一个她想要的解释。我只能含糊其词地说:"现在一切都还不确定,等我们见到铁牛以后再说吧。"

林翠默默点头。

司机找零钱的时候瞥了我们好几眼,我想,他一定觉得今天载的这对男女都有精神病。

夜幕下的铁牛显得古朴凝重,还有一种凄凉的孤独感,甚至让我突然对这个在雨夜里独自承受雨水冲刷的铁家伙产生了一份同情之感。

通往江边的地面已经泥泞不堪,穿着普通皮鞋的林翠需要我扶持才能稳步行走。方才她展现出来的睿智刚毅所淹没掉的女子的柔弱感,似乎到此时才显现出来。我在扶着她走过这段"通往铁牛之路"时,心中暗暗发誓,无论今天有无收获,在有生之年,一定要帮助她解开这个谜底,让一切真相大白。"生命于我只有一次,我不希望它有任何不明不白!"这话始终回荡在我耳边,让我感到钦佩,还有一种责任感。

近处看,铁牛给我的第一感觉依然是那两个字:精美。那种粗犷简洁的风格,使人对它一览无余,毫无秘密可言,而这样一种风格体现在这样一种身份上——四百多年前的铁牛,作为分水鱼嘴沉于江底如今重现,在林翠的奇异事件中扮演重要角色——不能不更让人觉得神秘。

研究人员早已确认这铁牛就是一整块熟铁打造的,完全实心,没有特洛伊木马的暗格之类。而它简约的外形又让人很容易看出没有什么机关之类的东西。徒劳地在铁牛周身摸了几遍之后,我和林翠的注意力都停留在铁牛身上唯一出彩的地方——牛角上。

牛角上的花纹我已经不是第一次注意了,这些总体呈螺旋状,细节上却有很多直角转折的花纹,之前只觉得有些现代感,现在大概因

第四章 / 歧路

为雨水清新,让我的思路活跃起来,我甚至想到在某个搞视觉艺术的朋友的抽象画展览上看到过类似的花纹,那是在仪表纸上通过涂黑某些小方格,保留另一些小方格为空白而得到的。

"你当时遇到大水,是抓的哪只牛角?"

林翠想了一下,又用手凌空比画了一番——牛角太高,没有水的浮力她根本够不到——最后确定说:"两只角都抓了。"

"两只角都抓了……手电帮我拿一下。"我说着掏出笔记本,让林翠负责照明,仰着脖子努力辨认那花纹,试图把它临摹下来。

正当我感叹仰着画完西斯廷教堂天顶壁画的米开朗基罗有多强的毅力时,我和林翠同时听到一阵巨响。这巨响不像爆炸,也不像重物坠地,严格来说,不像我以前听到过的任何巨响。但是也许因为有过先入为主的叙述,我几乎第一时间就把它和林翠说过的某件事情联系起来。

在黑夜中掉转电筒一照,我当即开始骂娘:他奶奶的!豆腐渣工程害死人!

就如打枪战游戏时,正换着子弹,面前却出现两个以上的敌人,此时明明知道骂一句"他奶奶的"已经于事无补,可是除了骂这一句之外,确实已经没有其他什么事情可做了——我当时的心情便是如此。

因为面对着我的是截流处崩口!

我来不及想为什么会那么倒霉,今天晚上刚刚听人说了一遍崩口,还在脑海中想象了一番那是怎样的波涛汹涌白浪滚滚,才过了没几个小时,就要亲身体验这种恐怖;我也来不及在"他奶奶的"以外,说出任何一句光彩一点的话作为遗言,早知道这是我这辈子最后一次开

口说话，我平日里为什么不更八卦一点，好让同事们写悼念文的时候也有多点"逸事"。总之，岷江水就像火山爆发一样冲决出来，好像充满自信、气定神闲、干净利索地想把一切都填满，什么杩槎啊、竹篱啊这时候全都不知道到哪儿去了，甚至其本身也成为一种可笑的存在。只一瞬间，也许几十秒（此前我不能完全明白相对论，但现在我知道时间的长短有时候是根本估计不准的），水位已经让我漂浮起来。

我只来得及紧紧抓住两样东西：一件软绵绵的，有点热；一件硬邦邦的，冰冷非常。至于分辨出这分别是林翠的胳膊和铁牛的一只牛角，我不知道是在我失去意识前的一瞬间，还是醒来后的事了。

第五章

异遇

Chapter 5

毫无疑问，我是必须醒来的，不然也就不会有这些文字记录，不会有以后的种种《那多手记》的故事。我的醒来是在林翠之后，尽管从体力上来看，这似乎不合理。

天色已经大白，初步估计是五六点钟的样子。

地点是……是在江边。

经历了一场小规模洪水之后，我们完好无损、若无其事地出现在几乎是原来的位置。大水好像仅仅是个调皮的小孩，把我们吞进嘴里一会儿就马上吐掉了。而这个一会儿，就让我们失去意识五六个小时。

雨已不再下，河道里还是潮湿杂乱，的确是一副水刚退去的样子。

合龙处的缺口已经"完好"，但并不"如初"，可以明显看出修补过的痕迹。然而现场几乎一个施工人员都没有。

根据初步判断，当时的种种状况……说实在的，这种事情我从来没经历过，我根本无从判断这是否反常。

当务之急还是先跟林翠说话，我爬起身来，走向背对着我的林翠。地面已经有些干硬，我故意踩出脚步声，然而她恍如未闻。我走到她身边，正想搭上她的肩头，突然听到她自言自语："对了……这才对

了……"

我顺着她的视线看去——不过是铁牛而已,我早发现了,铁牛并没有离开我们,还是在原地……等一下,我仔细看了看河道与截流处的位置,和记忆中铁牛的位置相比对一下……很奇怪,铁牛似乎从原来的位置移动了二三十米!

昨夜发生的洪水,虽然足以要人命,但显然还没有大到冲得动铁牛的地步。这究竟是……

林翠此时突然跳起来,用我从来没听过的大嗓门儿兴奋地叫起来:"我回来了!我终于回来了!"

我继耳朵一惊之后马上心里一惊——我当然明白林翠的意思。

"林翠……"我过去牵她还湿淋淋的衣角,立刻被她转身打断了话头。

"不会错的!我记得我那个世界,铁牛就是一直放在这个位置!不会错!我回来了!"

我力图使她镇定下来,别那么兴奋。看来她已经完全深信自己所提出的"两个世界说"了,现在口口声声说回到了自己本来的世界。尽管我一直没否认有这个可能,但是现在仅凭这点就下结论,为时过早,只怕知道事实并非如此之后,她会更失落。

这时候江边终于出现了行人,看起来还是与施工有关的工作人员。我们这一男一女衣衫湿透狼狈不堪地站在这里,感觉非常尴尬。我连忙拉了拉林翠:"快走吧,有什么事情回宾馆再说。"

林翠却像没听见一样,眼睛直勾勾地看着那人,全然不顾他也直直地看着衣服浸湿有些透明的自己。

我正想再劝她快走,林翠从绷得紧紧的嘴里挤出几个字:"请问,

第五章 / 异遇

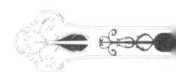

这铁牛放这儿多久了？"

那人笑了，"铁牛？你说这铁牛？你是外乡人吧？"那人说着，继续用不怀好意的眼光上下打量着她，连我也觉得身上发毛。

而他接下来的一句话，就不只是让我身上发毛那么简单了："这铁牛啊，放在这儿……有十年了吧。对！1992年捞起来的。那时候好轰动咧……"

那人为了拖延时间而接下去的絮絮叨叨，我一句都没听见。

我觉得周遭什么都不存在了，只剩下一个脑子像心脏般"咚咚咚"地跳，在那里面，"有多少可能性就有多少世界""斯蒂芬·霍金""一个电子同时穿过两道缝隙""一个人同时存在于两个世界""爱因斯坦相对论"等概念混杂无方，彼此冲撞，搅闹得不亦乐乎。

在大学时候，我有一个同学的电脑屏保是一行这样的红字："××，你面对现实吧"。

需要用屏幕保护程序的方式时刻提醒，可见"面对现实"不是一件容易的事情。

我真正对此深有体会，是在我发现自己听过那个陌生人的话以后恢复意识，已经身在出租车上以后。林翠是怎么带着我离开江边、拦下车、推我上车、报出目的地等，我一概都毫无印象。为了面对现实，我经历了一段不知多少分钟的失魂落魄。

林翠的目的地是她的家。我回过神来看窗外，一路上的街景都分外熟悉。如果不是经历过林翠这件事情，若别人告诉我这样一个外表如此相似的地方，其实是另一个世界，一个和我们"同时"却又不在一个时间点上的世界，我根本不可能会相信。然而现在，我是信多于

不信,尽管在我心目中还是留着一个小小的自私的愿望——但愿这一切只是林翠搞错了,但愿她是真的精神错乱……总之宁愿身在另一个世界的是她、也别是我!这念头让我惭愧,但挥之不去,我这才明白,一个熟悉的哪怕有点讨厌的"日常世界",对一个普通人来说是多么重要……

然而我这一点点救命稻草般的幻想,也在林翠站到家门口的半分钟内被打破了。她对这一分钟的分配是这样的,打开铁门五秒,打开大门四秒,开灯加穿过客厅到达卧室门口三秒半,打开卧室门五秒,扑向床头柜一秒,打开床头柜抽屉三秒,翻到相册五秒,翻到那一页三秒半——整整三十秒。在这三十秒内,大概是因为预感到"最终判决"将至,我什么都没有去想,只是在那里机械地计算秒数。

那一页,自然是林翠所说的,被"与德国男友的合影"换掉了的那张——与铁牛的合影。

照片上的林翠比现在年轻,虽然不知道年轻多少,但这就够了,对我和对她。

我看得到林翠脸上挂着的泪珠。心里暗暗说:恭喜。

之所以没有说出口,是因为我知道说了她也不会听到。她已经完全沉浸在回到"现实"中的喜悦中去了。而突然和她对调了处境的我,现在是一个什么样的心情,她是不会去注意的,尽管她刚刚出离了这种心情不久。

一时间,我感到无比落寞。

原来真的是这样的啊。原来崩口处被修理好并不是凌晨的事情,而是"十几天前"(说这几个字的时候我觉得真讽刺,这个世界根本没

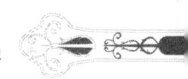

有我的几天前,对这个世界来说,我就像是个初生的婴儿一样)林翠溺水的那晚之后的事。难怪所有施工人员都走得干净。对这个世界而言,只是某个不知名的女子失踪了十几天而已,没什么大不了的。

我想到这些的时候,林翠和她母亲的通话已经接近了尾声。母亲自然是通过单位通报了解了女儿的情况,也报了案,现在听到女儿平安无事,自然喜极而泣。林翠的情绪也很激动,不比她妈好多少。"……嗯……嗯嗯,妈,我等你……"

她挂上电话,心情平复了些,才像突然想起我的存在似的,用极其复杂的神情看着我,看得出她完全不知道说什么好。

看到她这样我反而有些过意不去,打起精神来我开始思考,这一想就让我想到:尽管我是到了另一个世界不错,但是如果这里有关我的一切,恰恰都跟我习惯的一样,我又何妨在这里继续我的生活呢?

有了这点想头,我立刻觉得感觉好了不少,于是指着电话问林翠:"我可以打个长途吗?"

"哦,你用。"

我拨了021开头的一串电话号码,那正是《晨星报》主编办公室的电话。

"你搞什么啊,那多!说好昨天晚上交稿的,怎么到现在还没动静?昨天打你一晚上电话你都关机,跑到哪儿鬼混去了?"

老板的叫骂从来没有这么悦耳过,我一边微笑着"哈伊哈伊"个不停,一边想着这事成了八成了。"我来都江堰进行岁修的后续报道"这一事实,一点都没有变,没有变!

这么想着我就掏出手机,不愧是西门子的运动防水型3618,经过这种波涛洗礼居然都能开得了机,看来我回去简直是他们的活广告。

正当我放下手机,打算清点一下随身物品还剩下多少的时候,尖利的铃声响起——

我一看来电显示,居然是我家的。这个时候会有谁在我家给我打电话?狐疑中我摁下接听键,马上听到一个陌生的女声:"那多啊,你死哪儿去了?打你手机都关机!我问你呀,这次你采访到底几号回来?车票买好没有?"

我愣了一下,问:"请问你是……"

那头马上调门高了八度:"你昏头啦!我是你老婆,你……"

我以迅雷不及掩耳之势摁下中断键,紧接着就是关机,然后把手机塞进挎包的最里层,严严实实地捂好,拉上拉链。做好这一切之后,我才呼出一口气,连带吐出一句:他奶奶的!

我有老婆了?

看来事实一点也没有我想象的美好,这个世界的一切都跟我原先那个一样,只是有一点不一样:我多了个老婆!

我想,任何人都受不了这种打击。

没有任何回旋余地了。

即使我可以苟且偷生地装作没事人一样在这个世界上活下去,即使我可以忍痛放弃二十七岁单身汉的生活,和一个没见过面的女人共度残生,我也一定会因为不记得她的阳历生日阴历生日结婚纪念日相识纪念日而遭到她的打骂。刚才电话里没有问清楚,搞不好我已经和她有了孩子,搞不好她正怀着我的孩子,这样我就是爸爸了!

即使这些我都能蒙混过去,我也肯定不认识她的家人,最起码我会不认识丈母娘!

第五章 / 异遇

这太可怕了！我立时觉得天旋地转，人世间最悲惨的事莫过于此。

"你记不记得是怎么昏过去的？"

"……真奇怪，好像那时候水还没淹没我呢……而且我水性不错啊，不应该一被淹就晕过去。"

"铁牛，一定是铁牛——落水前你做了什么？"

"我抓了铁牛的一只角。另外还抓着你。"

"我也是！"林翠兴奋地说，"看来要同时抓住铁牛的两只角，还要有洪水。你手里有什么感觉？"

"……微微发热，还有些发抖。"

"那就对了，一定是这样的！我们回去再看看铁牛，铁牛既然能把我带回来，那也能把你带回去的。"

"说得有道理……不过好像光有铁牛不行，还得有洪水……你知不知道自然状况下，岷江多久会闹一次洪水？"

林翠的表情马上告诉我，问这个问题是愚蠢的。

我一下子觉得气闷无比，很想大喊大叫，到了嘴边却变成了这么一句话："……那么……那么我大不了再去搞一次崩口！"

林翠赶忙说："办不到的。那根本不是人力可以做到的。而且你去的话一定会被抓住。这可是破坏公共安全，是重罪，搞不好直接就把你毙了……"

我完全体会到林翠之前曾有过的万念俱灰之感就是在此时。任凭林翠怎样在我耳边劝慰，我始终充耳不闻，一言不发。

破坏截流只是一时的冲动之语，实际上我是不可能那么做的。大

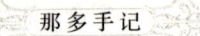

水并不好玩,可能会有无辜者受伤甚至丧命。想到这里,我好歹还对自己恢复了一点信心:我总算还知道"有所不为"。

"你妈快来了,我走了。"我疲惫地站起来。

"不,你别走,我们一起想想办法。"

我拒绝了林翠:"别担心,我没事。我现在只想一个人静一静。"

也许因为我的确拿出了一个受打击的男子汉应有的勇气,林翠没有再坚持。只是送我到门外,就被我推回了房间里。

出了林翠家的小区,我漫步在街头,大有"天下之大,却无我容身处"之感。衣服还没完全干,风吹在身上挺冷。走在大街上,两条腿有些软。

我几次想叫车,但是不知道该去哪儿。我想回宾馆,翻翻我的行李,看看有什么能帮上我的忙,但我马上克制了这种荒唐的想法。

路边有家网吧,我走了进去。

大学二年级以后就很少去网吧了,寝室装了电脑,开通了宽带,寝室就成了网吧。

尽管身边人说话的口音陌生,但是这种排排坐,上网操机的感觉是熟悉的。网吧里的人都是想忘记现实的人,也许我正是看中了这一点吧。

我是独自一人,此时似乎并没有什么游戏好玩。因此我一开机,还是按照习惯打开浏览器,敲进搜索引擎的地址。

这一系列条件反射的举动几乎让我哑然失笑,都这个时候了,我还是保持着一个新闻工作者的习惯。

第五章 / 异遇

既然都打开了,就不妨搜点什么——网络正是利用人们的这种心理来吸引人——我用拼音输入法敲进"铁牛"的字样,点击下"搜索"。

我一页页朝后翻着搜索结果,一条条全都是我看熟的新闻,间或有一两条还是我写的。明知道结果定然如此,可还是机械地一页页翻下去——网络真是很容易让人丧失神智。

一直到倒数第二页,一个新的结果跃入我的视线——"铁牛文学站"。也许它并不是新出现的,只是我以前一直没有留意罢了。我突然对自己的所作所为感到好笑:经历了一个变换世界的事件,却指望在网络上找到对这个事件的解释。我真是无可救药的现代人。

想到这一点,我自嘲般地点进了那个链接,看看那个以"铁牛"命名的站点到底是个什么样的地方。

站点只有一个论坛,很简陋,底色是黑灰色的,挺萧条,似乎没有多少人光顾的样子。论坛上方的注册人数和今日更新帖量也证实了这一点。

我信手点进了今日更新,发现了一篇叫《幻灯片》的文章。这篇文章是这样的:

从微波炉里我拿出热狗,咬了一口去倒牛奶。每天这个时候我的胃口不大好,只及得平时饭量的一半。

幻灯片按照数字排列着,从 1 到 10。在 1 和 10 之间是 ∞,在幻灯片数上我们采取 ∞ 进制度,如同别的地方一样——当一个数比 ∞ 大 1 的时候,我们就叫它 10。

每张幻灯片里都存在着有限的生命,他们只存在于一张幻灯片所代表的时间的一"点"之中。在下一张幻灯片上,有一群与他们非常相似,只是比他们多了一"点"记忆的生命存在着,这种缓慢的循序渐进构成了时间的序列。而这一序列中也许存在着另一种生命,他们不能认识到自己只存在于一瞬的事实,却以为自己有多少过去可以回忆,有不少未来可以等待。事实上他们只是幻灯片的进程构成的幻影,从任何一张幻灯片上都找不到他们作为物质存在的证据。

我的工作是使幻灯片持续前进,从1到10。这是枯燥的工作,而且几乎没有终结。凝视单张幻灯片变成我唯一的消遣,在那里面我可以看到一个足球运动员起脚接触到球,一位数学家产生证明一个定理的念头,一根阴茎勃起到最大值;在之后的不知编号为几的另一张幻灯片上,我可以看到球飞进球门,证明式写在了黑板上,精液喷射出来——两者之间相隔着∞张幻灯片,与1和10之间相隔的一样。

如果我戴上了眼镜,就可以看清牵动大腿肌肉的神经接收第一个带氧红细胞,掌管逻辑的脑细胞产生第一道电脉冲,激素发出第一道蓄势待发的指令。然而那会使我过于专注,这可能导致幻灯片出差错——幻灯机是娇贵的机器,很容易出差错。

就如这一次一样,我发现"卡壳"的时候,球已经在门线前后来回了不下一百次,粉笔粉身碎骨又完好如初,男人经历了一百次性高潮——这可不多见。幻灯片中的生命对这种"卡壳"应该浑无所觉,他们只是机械地被人排列。至于序列中的生命会作何感想,当他们知道他们的恐慌源于我的操作失误会有何抱怨,我根本就不去关心——毕竟,他们并不真实存在。

第五章 / 异遇

微波炉里发出"叮"的一声,我离开工作台去拿热狗。

我看完这篇文字以后,当即有一种很奇怪的感觉。我原本以为再读一遍以后,会让这感觉变得面目清晰一点,然而事实是这种莫名感觉愈演愈烈。

"按照时间序列,一直排列到 ∞ 的幻灯片","生存在幻灯片里的人,仅仅存在于一瞬间,却以为自己度过了一生","放幻灯片的人偶尔的一次失误,就让幻灯片构成的世界乱了套","放幻灯片的人自己也生活在一组幻灯片里,每个人都莫不是如此"……这些奇异的想法让我感受到了一些在普通的论坛文字里不会看到的东西。恰好此时,我看到作者的名字——"X"在论坛的在线会员一栏里闪烁。不知道是哪里来的好兴致,使得我马上在这个"铁牛"论坛里注册了会员,并且通过短信息给会员"X"发去了招呼:

"对于世界你了解什么?"

一分钟以后,耳机里传来"你有新短消息哦"的甜美女声。打开收件箱,那里面躺着"X"的回信:

"很少。比这个世界上的任何人都少。"

也许是"世界"这两个字刺激了我,我马上又发去一条短消息:

"我不在乎多少。我想知道。"

这次过了将近五分钟,回答更为简单:

"好吧。我的 QQ:××××××××××"

X 的确如我所希望的那样,静静地听我讲述了林翠和我的这次变故,只在细节方面出言询问了一下,毫无怀疑或者敷衍之感。我也是

在一口气说出那么多话的过程中才想到：一定有很多平时蛮正常的人，到了网上因为少了忌惮就变得疯疯癫癫，做些没有道理的事。比如编造奇怪的事件，说得头头是道好像真的一样。我会不会被当作这种人呢？好在 X 的态度好像在听一件人世间最平常的事一样，打消了我的疑虑。

后来想想，也许我说得认真，他也一起陪我认真。至于我说的是否是事实，本不是太在他心上。

"你说的很有意思。"最后他说，"你跟我说这些，是想问问建议吗？"

我想了一下，敲下了如下字句："不。我知道现在如果想回去的话，找任何人谈话，指望他能帮自己都是痴人说梦。我不过是想把整件事情搞清楚一点。也许这样……即使找不到回去的方法，至少我也会过得明白一点。'生命于我只有一次，我不希望它有任何不明不白！'这是那个女孩子说过的话，也是我现在想说的。"

X 在那里打出了个笑脸符号，似乎看到了什么好玩的事情："'不希望生命有任何不明不白'是吗？我可不太赞同她的话。既然你和我说起了这件事，我就谈谈我的看法吧。"

"你看了我新发的帖子，是吧？"

"嗯。写得相当不错。"

"你觉得这也是可以解释你所遭遇的事件的方法之一吗？"

"怎么说呢？我觉得……它给了我不少感觉。"

"也许吧。如果不是按照你朋友的那种推断，似乎幻灯片的说法也说得通。她和你的遭遇不过是幻灯片被插错了，现在又插了回来。而对你来说，这是另一种插错。不过，说实在的我并不相信这个理论。"

第五章 / 异遇

他打字很快。

"我写这个故事,不过是为了做小说实验,并不是真的相信会有这么一种可能性。或者说,即使我真的相信这样一种可能性,也只是把它局限在文学作品里。如果以文学以外的角度来说,我宁愿觉得它是站不住脚的。"

"哦。"我对 X 的回答略微有些失望。

"你看过博尔赫斯的书吗?"他突然转换话题问我。

"读过他的一些诗歌。"

"有一个短篇,叫作《环形废墟》,你读过吗?"

"记不太清楚了,讲什么的?"

"大致是讲,一个魔法师在一座环形神殿里,怎样通过意念,通过想象创造出一个活生生的人。这个人被创造出来以后,根本不知道自己只是他人想象的产物。为了不让他因为发现这一点而难过,魔法师警告这个被创造者,千万不要接近火,因为火会让他发现自己并不存在。"

"哦,我想起来了。最后结局好像是说:那个神殿某天被雷击中,着起火来,魔法师这才发现,原来他自己也不过是另一个人想象的产物。"

"对,是这样的。对这个故事你有什么感觉呢?"

我其实一直在思考,到此时把自己的想法打了出来:"你是说,对于林翠来说,外部世界,包括一切人、事、物,只不过是她的想象派生出来的产物。而我也是她想象出来的。是吗?"

X 没有直接说是与不是,只是自顾自地打下去:

"这种说法很接近佛教的唯识论。说到底是一种极端唯心主义,认

为这个世界并没有什么物质，一切都不过是意识的产物；我们所能认识到的东西，都必须通过意识，因此意识以外的东西是否存在，根本没办法证明。

"现在我和你在 QQ 上聊天，我并不知道你是不是我意识中的产物，就如你并不知道我是否是你意识中的产物一样。也许这个世界只是由一个人的梦境派生出来的，而这个幸运儿未必是你我。也许我们每个人都有自己的梦境，好像封闭的网络游戏一样各管各地孤独生存着。

"你的故事很有趣。我刚才想过，也许可以用这种唯心的方法来解释，但是又不那么简单。因为在这个故事里，我既不能剥夺那个女孩的主角地位，又不能不考虑到你这个'观察者'角色的重要，尤其是你现在变成了主角以后。

"本来如果只有这个女孩来找我聊的话，我会告诉她，可能她只是经历了一次意识混乱，由她的意识创造出来的世界有了一点变动以后又恢复正常了。现在有一个她意识里的角色，也就是我，来通报她这种恢复的实现。

"可现在还有一个你，我就不能这么办了。我尽管甘于承认自己是某人的意识产物，却不能寄望于说服你也这样相信，因为这几近于无赖。同样，我也不能说，这些都是你意识混乱的产物，那个女孩只是表演了一遍你梦境中的剧本。因为你大概也不会那么狂妄。

"所以我想到了一个全新的点子，现在说给你听听。我也没把握它会'合理'，只希望你喜欢。

"首先，每个人都是独一无二的。在任何世界任何宇宙任何空间任何时间，你就是你，只有一个，正如我就是我，只有我一个一样。我

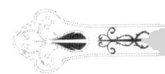

们都是确实存在的,不是什么分身,也不是谁的梦境。

"但是,我们远远不像自己所能认识到的那部分那样简单。你现在所能认识到的,关于自己的一切,年龄、性别、身份、习惯……并不能涵盖你这个人。真正的'你',是一种比这个大得多的存在。

"如果以一个人,比如说你为一个中心点的话,就可以画出无数条放射状分散开来的直线。这里每一条直线,都代表着一种认知上的可能。在认知 a 中,你对自己和周围的事物有一系列认识,比如你是个律师,有个儿子三岁半;而在认知 b 中,你有完全不同的另外一种认知,比如你是个医生,有个女儿都已经嫁人了。

"我想经历过刚才的思维过程,你的思想应该已经开放到这样的程度:承认一个人具备许多种认知的可能,在逻辑上是完全可能的。

"同样地,你也可以为其他人,比如我,画出类似的放射线。由于每个人都是确实存在的,都是认知的主体,所以每个人都可以有他自己的放射线。

"而所谓的'现实世界'是什么呢?'现实世界'就是这些放射线的交点。

"你的某一条放射线和我的某一条放射线相交于一点,就代表你的认知和我的认知达成了一种共识。所有人的某一条放射线相交于一点,就代表所有人的认知达成了一种共识。而所有人的共识,就是所谓'现实'。

"你看到一种颜色,叫它'蓝'。而我看到它,偏偏要叫它'红'。如果我们不能达成共识的话,这种颜色就不会有一个被我们都承认的名字。现实是大家都约定俗成这种颜色叫'蓝',它才具备了现实中'蓝色'的意义。如果大家约定它叫'红'的话,它也就变成'红色'

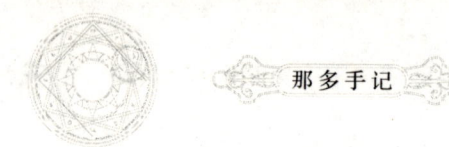

了。所以，重要的不是它本身是什么——它本身是什么没有人能知道——重要的是达成共识。

"一个'现实'就是这样构筑起来的。当所有人的某条线都聚集在一起的时候，就代表这一点上，每个人的认知都是相同的，或者说，每个人把自己的认知局限在这样一个'与他人相同'的范围内。而这个范围就构成了这个世界里的'你''我'。与真正的'你''我'不同的是，这个世界的'你''我'只在这样一个'现实'中具备有效的认知概念，而不是一种客观存在。而在其他'现实'中，会体现出别的'你''我'的概念。这些概念之间并非分身的关系，而是一个主体认知的不同部分而已。

"其他的'现实'也是同样形成的。由于每个人都有好多条认知线，它们呈放射状散布出去，所以相交的点也不会只有一个。每一个相交点都代表着一种'众人的共识'，也就都构成了一个'现实世界'。

"你的朋友所碰到的情况，就是她本来在现实 A 中的线条 a，即一整套认知，被搬运到了现实 B 中。这样，她的认知线就没有落在所有人的'共识点'上，于是出现了她和这个现实的格格不入。

"本来，在现实 B 中，应该由认知线 b 来负责和他人的协调的，但是事实上被替换成了认知线 a。我想，你所说的铁牛，就是这样一个搬运认知线的工具吧。而启动这种工具的方法就如你所说的是洪水。在这里，铁牛成了一种超然于一切认知之外的存在，它甚至可以操纵人的认知，因此它比我们任何人都更有资格说自己是主体。"

我始终集中精神看着 X 发完他的长篇大论，尽管在 QQ 的发言间隙要等待不少时间，但我还是没有移开过注意力。也因此我对他所说的几乎完全理解。直到此时,他做出了这样一个结束语,我才长长地出了一口气。

天才的想法,不是吗?

虽然对我并无什么帮助,但这毕竟是一个合理的解释。而且,如果想着在这个"现实"中的自己以外,还有着一个总揽全局未受什么影响的"自己"客观存在着,多少是一种安慰。

"X,谢谢你。"

"不客气。顺便再说一句,你那朋友说的'生命于我只有一次,我不希望它有任何不明不白'云云,我真的不怎么赞同。"

从网吧里走出来,我不再像刚才那样情绪低落,还感到肚子有点饿,于是就打车回了宾馆。

在宾馆里吃了饭,回房间通过电话线拨号上了网,我把刚才在网吧里上传到自己信箱里的X的那篇文章和他与我的聊天记录下载下来,储存在硬盘里,又备份在随身带的U盘里。

此时我已经决定,无论自己是要继续在这个现实里待下去,还是准备离开这个地方,都该先到江边看看铁牛。

时间已经到了黄昏,天色渐渐暗下来。我走出宾馆,来到繁华的街头,按照另一个世界里林翠运用的手法,拦下了一辆愿意去都江堰的出租车。

到达的时候,也许是因为对另一个世界里跑夜路司机的歉疚,我没有收找头。

铁牛还是那副落寞孤寂的神情。想到这里,我都觉得好笑。不知道从什么时候起,铁牛已经被我完全人性化了,如果说我们都是被局限在一种认知里的井底之蛙，而铁牛是穿越所有认知世界的独行者的话，我真的不知道谁更值得同情。

黄昏的都江堰人迹已经稀少，看天色似乎又要下雨，施工者大多已经回家，剩下的也在收拾工具，转瞬就要走了。

我突然对这里的景色产生了一种亲近感，想起自己不久前还动着要破坏截流工程的念头，不禁笑了起来。

我信步走向安放铁牛的高地，在它的肚子底下安静地坐着。

这些天所经历的事情，还有刚才与 X 在网上的闲聊，使得我似乎一下子回到了还是孩子的那些岁月。那时候世界好像充满神秘和不可思议，我对一切都感到新奇，又特别能接受新奇，对那时候的我来说，世界有无数种可能，而根本没有什么不可能的事情。

不知不觉间太阳已经落山了，开始下起小雨来，偌大的都江堰只剩下我一个人。

不知道是不是因为想起童年的事情而玩心大起，我站起身，向着头顶的牛头望去。"长 3.63 米，最宽处 1.12 米，高 2.34 米、算角的话 2.47 米。"林翠的话言犹在耳。2.47 米是吗？应该能行。

我奋力纵身上跃，如同在学校里的摸高训练那样，一伸手就拽住了一只牛角。

如同吊单杠一样晃悠了几下以后，我还不满意似的放开了单手抓，只靠左手吊住，右手则拼命伸向另一边的牛角。

终于我两手分别抓住了两只牛角，悬挂在这巨大铁牛的牛头下。

牛角沾上了雨水，有些湿滑，我还想尽量保持这个姿势久一点，心想，不知道以前有没有人以这个姿势和铁牛合过影。

正在这个时候，我的手心又传来那种奇妙的微热感觉，我正在想着是不是错觉,就被进一步的轻微晃动证实了。

原来,同时抓住两只牛角固然重要,但洪水并非不可或缺……水,其实只要有水就够了。

我抓紧意识失去前的一瞬,哈哈大笑起来。

尾 声

再一次在铁牛论坛上看到 X，是在回到上海的一个星期以后。X 的 QQ 号码是我在另一个世界加的，在这里想找到他只有通过论坛一条途径了。好在"铁牛文学站"并不是那个世界的特产。

从回来后的第一天起，我几乎一有机会就挂在这个网站上，希望能等到他。

在此期间，我给工作顺利的研究员林翠打过一次电话，被她冷淡委婉地谢绝了保持通信的意愿——对此我如释重负般开心，这至少证明她确实已经是被我灌醉过的这个世界的林翠了；我向主编推掉了能推的所有报道，包括"刚被打捞起来的铁牛神秘失踪，如今耸立在都江堰边上的只是赝品"这样的后来遭到封杀的新闻。

一切都平静顺利，我甚至对自己没有看一眼"那夫人"是个什么样子感到有点遗憾。我等待 X，也许因为我觉得他是个值得交的朋友，也许因为他是我结识于另一个世界的人。

他果然不认识我。

不过爽快的性格没变。几句闲聊过后，我们就投机了，我给他看

尾 声

了我保留下来的《幻灯片》，他啧啧称奇，说自己绝对写不出这样的好东西。末了他邀请我说："明天一点三十分，当然是下午，F大校内操场四号场地边见吧。"

好嘛，一点三十分，下午。这两天天天都是39℃。

坐在炎热的操场边，我觉得脑子都快被晒出来了，四周稀稀拉拉的没几个人，我看到有一个长得有点像言承旭……

我脑子里电光石火般地闪现出了一幅情景：林翠在世界A的家里，她的卧室门口，我究竟有没有看到那张F4的海报呢？如果没有，那么她的门上究竟有没有她老爸打出来的那个破洞呢？如果没有……莫非林翠并没有回到世界A，而是到了世界C？

如果真是这样，那么我现在呢？莫非我现在所在的也不是我过惯的世界B，而是世界D？这两者一定有什么不同，是我太粗心没有发现吗？不，不会的……

"要不要挑一下？"

"呃？"我抬头看，发现打断我思路的是个一米九多的胖子，黑得跟印度人一样，脸形极其粗犷，活像大猩猩。

"你是那多吧？我是X。会不会打篮球，要不要过来挑一下？"

阳光下，我突然笑起来。

生命于我只有一次，我不希望它有任何不明不白。

他奶奶的，管他呢！

我站起身，边脱衬衣边随着X朝最近的篮球架走去。

103

坏种子

楔 子

传说中的"外星人遗址"等待专家考证

(记者：王军　钱玲)

颇有争议的青海"外星人遗址"将迎来首批专家学者对它进行深入研究。

记者从青海省海西蒙古族藏族自治州政府了解到，由北京UFO研究会等单位组织的航天、气象、天文学等领域的9位专家学者计划在月内前往柴达木盆地的"外星人遗址"进行考察，探讨外星人是否真的光临过这里。

这座传说中的"外星人遗址"位于柴达木首府德令哈市西南40多公里的白公山。白公山北邻克鲁克湖和托素湖，这是当地著名的一对

孪生湖，一淡一咸，被称为"情人湖"，留有美丽动人的传说。"外星人遗址"就坐落在咸水的托素湖南岸。远远望去，高出地面五六十米的黄灰色的山崖犹如一座金字塔。在山的正面有三个明显的三角形岩洞，中间一个最大，离地面2米多高，洞深约6米，最高处近8米。

洞内有一根直径约40厘米的管状物的半边管壁从顶部斜通到底；另一根相同口径的管状物从底壁通到地下，只露出管口。在洞口之上，还有10余根直径大小不一的管子穿入山体之中，管壁与岩石完全吻合，好像是直接将管道插入岩石之中一般。这些管状物无论粗细长短，都呈现出铁锈般的褐红色。而东西两洞由于岩石坍塌，已无法入内。

在湖边和岩洞周围散落着大量类似锈铁般的渣片、各种粗细不一的管道和奇形怪状的石块。有些管道甚至延伸到烟波浩渺的托素湖中。

在柴达木盆地生活了数十年的德令哈市市委宣传部部长秦建文告诉记者，这里的一些管片曾被送到距这里不远的中国第二大有色金属冶炼集团——西部矿业下属的锡铁山冶炼厂进行化验。冶炼厂化验室工程师刘少林化验后认为，管片样品成分中氧化铁的成分占30%以上，二氧化硅和氧化钙含量较大，这与砂岩、沙子与铁长期锈蚀融合有关，说明管道的时间已久远。此外，样品中还有8%的元素无法化验出其成分。

秦建文说，这一化验结果更增加了管道的神秘程度。加上柴达木盆地自然条件差、人烟稀少，除了白公山北面草滩上的流动牧民外，这一带没有任何居民定居过，更谈不上有什么工业开发了。

他说，有人猜测这里是外星人发射塔建筑的遗址。因为柴达木盆地地势高，空气稀薄，透明度极好，是观测天体宇宙极理想的地方。中国科学院紫金山天文台就在距此仅70多公里的德令哈野马滩草原安装了具有国际先进水平的13.7米直径的大型射电望远镜，建立了国内唯一的毫米波观测站，每年都有许多国内外专家来这里做天文观测，这里被认为是亚洲最理想的天文观测点。这个站点的主要研究课题之一就是探索星际生命的起源。

记者为此采访了中国科学院国家天文台台长助理、紫金山天文台首席研究员杨戟。曾到过"外星人遗址"的杨戟认为，从天文学的角度看，包括白公山在内的青海很多地方都是科学研究和实验的理想场所。

据新华网 2002 年 6 月 16 日

第一章

不合常理的铁器

Chapter 1

我趴在办公桌上，精神萎靡，一闭上眼睛，各种各样奇异的外星生物就开始张牙舞爪。

昨天我买了一大堆碟，都是我最爱的科幻片，看到凌晨四点多，然后一阵乱梦，梦里全是第三类接触，可耗脑力了。所以今天十一点起床，依然精神极差。

好在今天没采访，刚才上了会儿网，就瞧见关于白公山的报道，像是特意和我昨天看的那些片子配对似的。哪来那么多外星人遗址，我心里嘀咕着，眼皮又耷拉下来了。

在鸽子笼一样的新闻中心里，打打游戏睡睡觉是再正常不过的事，只要把活儿干完，没人会来管你。就这点而言，比寻常的公司可舒服多了。

我脑子里迷迷糊糊正一片混沌的时候，被人拍醒了。

"喂，那多。"

我勉强睁开眼，心里咬牙切齿，最恨的就是睡觉的时候有人吵我。可映入眼帘的，是副主编张克的一张老脸。

虽然其实没什么要紧，不过睡觉时被大领导叫醒，总有些尴尬。

第一章 / 不合常理的铁器

我连忙努力睁大眼睛，堆起笑脸。

"张老师啊，有事吗？"

"不好意思，吵到你了，有个采访，你来一下。"张克倒很客气。

我跟着张克走进他的办公室，心里明白，一定又有重大采访了，张克出马，说不定还要出上海。因为出差的费用，新闻部的主任还没权力批。

半个小时之后，我从张克的办公室里出来，精神抖擞，一个电话打给航空售票处订机票。

之所以前后的精神状态有这样的改变，除了碰到重大采访我都自然会有良好的状态外，另一个原因是这一次的新闻不但重大，而且奇怪，非常奇怪。

之前我已经说了，通常我们报社的采访，都不出上海，因为我们的主要发行地区在上海，全国各地的新闻由新华社提供就可以了，没有必要花费人力物力。可是近一段时间，为了提升所谓的"报格"，报社里新出台一条规定，就是如果国内发生新闻领域内非常重要并且读者极其关注的事件，再远也要派记者采访。而这一次的领域，是考古事件，是一个古村落遗址的发掘。

这个考古的重要性不但震动了整个中国的考古界，而且听说许多国外的媒体也闻风而动，正派出专人，往当地——中国青海省德令哈市急赶。因为这个发现，很可能将改写整个新石器时代的人类文明史。或许，连"新石器时代"这样一个被写进考古史，就算是小学生都耳熟能详的名词，也可能要改变。

让我郁闷的是，当我问起张克，究竟是什么样的考古发现，竟能有这样颠覆性的意义时，张克只是把手一摊。

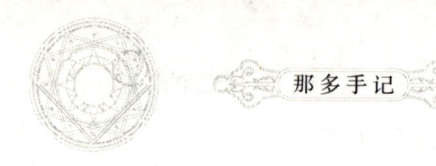

考古队坚持在正式的新闻发布会之前不透露具体内容，守口如瓶。现在所有得到消息的记者都和我一样，一边抓耳挠腮，一边心里杜撰着各种各样不靠谱的猜测。

我可是头一次碰到这么一本正经保守秘密的新闻发布，也不知是为了到时一并爆发出来的轰动效应，还是发现有些难解的困惑。

现在，全国只要是稍微大一点的媒体，都派出了记者往那里赶。只是上海：东方电视台、上海电视台、东广、上广、《解放日报》《新民晚报》《文汇报》《劳动报》《新闻晨报》《晨星报》及其他十几家媒体，现在都已经派出记者。相信我明天在飞机上可以碰到许多熟人。

晚上，我很早就上床睡觉，明天的飞机是一早的，睡着前，我想起曾有个生于青海的朋友对我说，她出生的地方经常会地震，所有的动物都从森林中逃窜到平原上，恰是狩猎的好时机，有时会下碗口大的冰雹，这时千万不可以出门，被砸到的话连命都会送掉……对了，那个地方是不是离白公山不太远？这个念头在脑海里转了转，涌起一股爬下床上网查个清楚的冲动，但很快就被床的舒适化解，半分钟后，我就睡着了。

经过两个多小时的飞行，我于上午十时二十分到达西宁机场。不出我所料，我在飞机上碰到了《新闻晨报》的记者张路，还有几个不太熟的小报记者。意外的是，没见到两家电视台和三大报社的记者，看来他们大概是因为这一班飞机太早，所以坐了下一班中午到的过来。

我的目的地德令哈尚在四百公里之外。

西宁比我想象中更繁华一些，然而我无暇顾及这里的音像店是否能让我在睡着之前的生活不那么无所事事，也没有初次踏上青海这片

第一章 / 不合常理的铁器

原本遥远得似乎仅存在于电视频道中的地方的激动,我和张路他们拿着烙饼与地图穿越这个城市,必须去买最快的去德令哈的火车票。

时间相当紧迫,要知道作为一个记者,绝不能比其他记者晚发回去报道。晚一天的报道,哪怕你写得再好,再文情并茂,再有艺术价值,也一样什么都不是。这是新闻的铁律:时间!

一小时后,我们坐上了开往柴达木盆地腹地的火车,我要在这个绿色的铁皮家伙中待上差不多五个小时。

当列车进入戈壁滩的时候,晚霞将这个世界镶上一圈红边,令这里形状奇怪、疏密有致的山丘看上去像某种食草兽的牙齿。

到达德令哈市的时候,已经快到吃晚饭的时间了,我们产生了分歧。除了张路外,其他记者都想在德令哈好好吃一顿有当地风味的盛餐,再往我们的目的地——克鲁克湖旁的古村落考古现场赶。但我和张路坚持立刻赶去。双方都没必要一定让对方同意自己的立场,所以立刻就分成了两队。

我知道张路这么急着赶去的原因一定和我一样,那就是希望在今天能先写一篇简单的报道发回去。既然已经到了这儿,那么就像我前面所说的,对新闻记者来说,时间就是一切。当然,许多毫无职业操守的小报记者可以不顾这些。

我们叫了一辆当地的出租车,虽然车况不太好,但居然是上海产的桑塔纳。据说桑塔纳的底盘高,走起颠簸的路不容易开坏。

在把干硬的烙饼啃完后的一个多小时,我们终于颠到了考古现场。由于平时没人会来这里,所以我们的司机——一个三十多岁的当地汉子还走错了路,不过最后他很爽快地只收了我们一半的车钱。其实这对我们无所谓,反正回去能报销。

竟然有很多记者已经到了,我大致看了一下,而且多数是北京的媒体,看来靠近中央就是不一样。照这样看来,他们今天一定已经把稿子发回去了,我庆幸之前的决策,现在补工还赶得及,否则明天被报社质问起来,就糟了。我倒是暗暗担心坐下一班飞机来的记者们,不知道他们要怎样交差,多半会被领导在电话里骂得狗血淋头吧。

考古队原本没想到会来这么多记者,临时准备的帐篷,眼看就快不够了,还剩最后几顶,再往后来的记者,最后没办法,只好住回德令哈去,来回三四个小时,时间都得耽误在路上。可是我很快就发现在这方面其实没什么区别,因为这里没有合适的通信工具,写完了文章拍完了照,还得再坐考古队的车回德令哈去上网发回报社,看来一天颠三四个小时是逃不掉的了。

只要是记者,无论是哪一路的,都不是安分守己的家伙。当天晚上,考古队的营地里就变得人头攒动,令这里看上去有些像集市。大队的记者除了互相打招呼和彼此介绍之外,都无一例外地准备起了"功课"。考古队负责人办公的帐篷虽然比别的帐篷要大一半有余,但还是拥挤得像下班高峰时的公共汽车一般,而此次新闻的"焦点"——那些仍旧处于禁入状态,要到次日记者招待会时才解禁的发掘现场周围,也不断有人晃来晃去,镁光灯猛闪,那些想提前入内的记者,令负责保卫的保安与考古队员应接不暇。

我和张路都不算是会钻营的人,而人挤人的地方也恰是我最厌恶的地方之一。我们两个只是简单地描述了现场的情形,采访了几个无关紧要的考古队员,收集了一些情报,写了篇两百字的简要报道,其余时间就只是窝在自己的帐篷里认真地准备明天要问的问题。

这一夜,整个营地都没有安宁过。

第一章 / 不合常理的铁器

翌日。

鉴于昨夜所见到的情形，我和张路凌晨四点不到就跑去招待会现场占位子，当手表的指针越过五点时，整个现场已经人满为患了。

招待会的时间是上午九点——盘腿在沙地上坐等四个小时并不是一个令人愉快的经历，然而没有人随意走动——大家都生怕一走开，自己辛苦占据的有利地形就被同行抢去了。像我和张路这样的"搭档"还算是幸运的，我们其中一人想去"方便"时可以有人帮你看着位子。

四十平方米左右的现场坐了一大堆人，等到天亮，若是少了那些昂贵的专业采访设备，这里倒像是静坐示威的现场。

没人像昨晚那样大声喧哗，大家都只是小声地交谈，越临近招待会开始的时间，气氛就越紧张，当气温足以令我的汗水浸湿汗衫的时候，招待会终于开始了。

发布消息和接受采访的是考古队的负责人吴人杰教授——一个晒得黑黑的、其貌不扬的老头——说他是个"老头"其实并不确切，我的"课前作业"中所收集的资料显示，他只是五十岁山头而已，不过任何一个人要是从事考古工作三十年，那他看上去必定会比实际年龄要老一些。

"……这里的泥地沙化现象相当严重，给考古发掘带来了很大的困难，往往我们第一天挖出的坑，第二天就又给风沙埋住了。你们一定想不到，在八千多年前，这里是水草肥美的地方。"老吴手里拿着一块陶器的残片，我坐得比较靠前，可以依稀看见陶片上所绘的鱼纹。

"……如果你们的中学历史课还没全忘光的话，那应该知道，八千多年前，那应该是新石器时代。但如你们所知，我们在这个应该处于

113

新石器时代的部落有一些惊人的发现，那也是你们大家不远千里到这里来的目的——"说到这里，他的语调开始变得有些兴奋，"我们在这里发现了一些被怀疑在当时被当作工具使用的，铁器……"

人群在这时开始了第一次骚动。

铁器？

石器时代之所以被称作石器时代，就是因为使用的工具是用石头做的。但铁器？这和石器之间可还隔着青铜器呢！

更猛的是，这个新石器时代的村落，在当地，即青海德令哈地区，存在了很长的时间。也就是说，远在新石器时代末期之前，这支部落就开始使用铁器了！

可是这怎么可能？

尽管那些被挖出来的铁器非常简单，原始至极，可是相对于同时期全地球的其他人类而言，这一支人类不知道要先进了多少，其间的差距用时间来衡量的话，至少数千年。你可以想象一下，5003年的人类和2003年的人类，会有多大差距。

作为一个序曲，考古发掘的总体情况介绍很快就结束了，接下来是自由提问时间。记者们如暴动者一般向前面拥去，我是蹿得最快的几个之一，幸运地挤到了教授面前。

这个典型的考古学者——身穿蓝布工作服，戴着麻线手套，皮肤黝黑，脸上皱纹纵横，头发蓬乱，沾满灰尘，由于长年与挖掘打交道，他皮肤中渗出的泥土味令他闻上去像个农民——在他近三十年默默无闻的考古生涯中，怕是从来没经历过这样的混乱场面，虽然身前有保安人员竭力维持秩序，但他还是有些惊慌失措，不过一个上了年纪的学者的素养在此时发挥了作用，他很快就从这种失措中恢复了过来，

第一章 / 不合常理的铁器

伸出双手示意大家安静:

"请安静一下,不要激动,大家的问题我都会一一回答的。"

"请问这个遗迹是怎样被发现的?"

"请问是谁首先发现了这个遗迹,又是谁首先发现了铁器?"

"请问在这样一个遗迹中发现铁器的意义是什么?人类的历史会被改写吗?"

"世界考古界有没有类似的先例,这会不会只是人类进化史中的一个旁支?"

"这是否意味着中国的柴达木盆地是人类文明的发源地?"

⋯⋯

一连串的问题丝毫不给教授以喘息的机会,甚至连"请介绍一下当时人类的性状况与道德状况"这样离谱的问题都有人问。其间,教授顺便介绍了新石器时代人类的生活状况——那时的人类才刚刚开始群居生活并建造了极其简陋的屋舍,至于冶金,如我前文所提的,那是几千年后的事儿,然而真正不可思议的是,这个部落除了使用铁器之外,生活状态与石器时代的其他部落毫无二致,在发掘现场也只是找到少量燧石,而冶金用的火窑根本就不见踪影——这些铁器就像是凭空冒出来的一样。

"他们大部分时间还是使用石器,并用燧石引火、钻木取火等原始的手段来取得火,这与制造铁器的技术有很大矛盾,目前我们在这方面的研究还没有什么进展。"教授道。

"您认为这里的地质环境是否有可能天然形成大块的铁呢?"

"我们也咨询过地质专家,他们认为这是不可能的,即使是最高富集度的铁矿也不可能达到这样的纯度。"

"那您认为这是否是一种超自然现象呢？它是不是地外文明的杰作呢？"——问题终于被引到这个大家都感兴趣的话题上来了。

"我不这样认为，现在没有任何证据表明有地外文明的存在，我们要以科学的态度来探究这一切的缘由，而不是遇到无法解释的现象就归于'地外文明'了事——那是不负责任的态度。"

"那您认为离这里不远的白公山上的'外星人基地'是怎么回事？遗迹和'外星人基地'是否会有联系？"

"抱歉，我从没听说过您所说的'外星人基地'。"

…………

气氛热烈得把每个人都烫得滚汗，不断有新的记者赶来，现场被挤得水泄不通，谁都没有要去吃饭的意思。而吴教授的兴致也变得相当高，他只是随便啃了几口面包，喝了点白开水，就带着记者们参观他们的发掘现场——他大概已经习惯这样的生活了吧。

"一号坑与二号坑没有什么特别之处，大概每一个新石器时代的遗址都会有类似的发现，关键在于三号坑和四号坑。"教授一边小心地绕过遗址的发掘坑，一边说道。记者们在他身后排成二到三人并列的长龙。

在编号为三号的坑边上，我见到了一堆黑乎乎的东西，表面看上去除了像一堆肮脏的垃圾之外并没有什么特异。吴教授示意大家可以触摸一下那堆东西，我蹲下身，碰了碰，然后捻了捻手上沾的黑色微粒，又放到鼻子前闻了闻，果然是铁锈的味道。

由于我在队伍最前面，拍照、提问都很方便。

"这就是他们当时使用的铁器？它们能派上什么用场呢？"

"根据它们的形状，我们初步判断大概是类似犁和铲的东西。"

第一章 / 不合常理的铁器

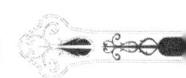

我对着这些锈蚀、纠结的黑铁块不断地按动快门,将这些丑陋却足以引起轰动的东西——记录在我的数码相机里,一边拍摄,一边问:

"就只有这些吗?"

"这些都是从这个遗迹中发掘出来的,其他几个坑还有一些,经过多次断代测定,它们,"他说到这里,顿了顿,特别加重了语气,"与这个古村落遗迹,是同一时代的产物。"

"不可思议!铁器出现在石器时代!真不可思议!"我由衷地赞叹道。

"这的确是个让人疯狂的发现。"他似乎早料到我的反应。我猜想当初他在面对这一结果的时候,曾有过与我相似的反应——如果这不是一场骗局的话。

"如果这些铁器与地外文明无关的话,那以您的猜测,您认为最大的可能性是什么呢?"我旁边的一个记者问道。

"到目前为止,我还不能做出任何猜测,相关的证据太少了。如果当时气候、环境适宜,在这里出现一个农耕部落还是可以令人接受的。然而迄今还无法解释的是,"吴教授回答,"一个月来,我们一直在遗迹中寻找炼制金属的火窑,但始终没有找到,连一丝痕迹都没有,好像他们从来都没有建过这样一座窑,然而当时的人类是如何获得高到足以炼铁的温度,也还是难解之谜。"——他一再强调了那个火窑的存在,似乎那就是问题的关键。

在走过五号坑的时候,吴教授又向我们展示了其他一些不寻常的东西。

"其实除了铁器之外,还有一些奇异之处,比如陶器上的纹样……"他蹲下身,从挖出的众多陶片中拣出三片,"与同一时期的其他文明大不相同。"

我立即拿出数码相机，拍摄了陶片的照片——对上面的图案，我只是匆匆扫过一眼——在我这样一个外行人看来，那些似乎是人形和一些我无法判别是什么的几何线条，除了绘图的手法相当简约之外，并没有什么特异之处——然而任何东西，只要和这个神秘的遗址扯上了关系，就似乎都变得有魔力了。

对于像我这样一个好奇心强烈的人来说，事情开始变得有趣起来，它似乎正朝着我所期待的方向发展。

然而谁知道，事实并非如此。

一直到下午近三点，我们几乎搜遍了现场除正在发掘、禁止进入的区域之外的每一寸土地，当我的数码相机也不得不换上了备用的电池与记忆卡时，大家才渐渐散去，各自到帐篷中填饱肚子。而那些坐晚班飞机的与在德令哈大快朵颐的记者姗姗来迟，似乎他们路上也不太顺利，错过了上午的采访令他们后悔不迭，这时只有忙着拥到吴教授的办公室去恶补。

落日西沉时，白色的沙地上迅速地铺上了大块的黑色阴影，遗迹坑很快也被阴影所覆盖。记者们大部分已搭车回德令哈，我的采访也接近了尾声。

就在我走上前去要和吴教授告别的时候，忽然有一个年轻人急匆匆地向我们跑来，上气不接下气地喊着：

"吴老师，你最好来看看这个！"

"什么？是火窑吗？"吴教授急急地追问。

"不，不是，我说不清，你快去看看，是个大家伙！"——我要说，

第一章 / 不合常理的铁器

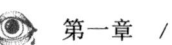

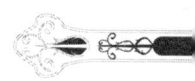

巧合在事件的进程中往往起到关键性的作用——如果那个年轻人晚来一步,如果我没有硬生生将告别的话语止在嘴边,如果吴教授不允许我同他一起前往——这次偶然使数天之后我与叶瞳一同经历的疯狂的事没有因为某个难解的谜题而不了了之,令我现在得以坐在这一成不变的办公室中向你描述一个骇人听闻的事件——当然,为此我们二人付出了相当的代价。

几分钟之后。

吴教授带领着整个考古队以及仅余的十几名记者站在这个刚刚挖掘了一半的地下建筑的中央,我们的身后架起了两架大功率的白炽灯,仍有考古队员在对着另一半尚未挖掘出的部分忙碌着。

这个埋于地下的石头房间仅挖掘出的部分就足有两个篮球场那么大,令人难以置信的是,在远古的石器时代,人类刚刚开始群居的阶段,就可以造出如此规模的建筑。

"这是什么地方?是族长的府邸吗?"我一边打量着四周的岩壁,一边问。

"以我的经验,这里应该是古人祭神的地方。"吴教授道。

"看这个!"年轻人道。

顺着他手指的方向,展现在我们面前的是一块约宽三米、长五米见方的石板,看上去是坚硬的花岗岩质地,石板仍有一半埋在沙砾中,也不知有多厚。

这里明亮的白炽灯光足以让我们分辨石板上雕刻有带着些神秘的、类似于图腾的纹样。

"这些是他们的图腾?"有人问道。

吴教授并没有回答,他已经完全沉浸于对于这块石板的思索之中。

他蹲下身子,轻轻地抚摩着这块稀世奇珍,脸上的表情渐渐变得凝重,并透着些古怪。

当大家都围成一圈蹲下仔细打量这块石板的时候,连我这个外行也开始看出其中的蹊跷了。

石板上的刻痕相当深,经历了八千多年的风沙依然清晰。壁刻有着令人赞叹的精湛工艺。其风格与我想象中的远古壁画应有的粗犷风格相去甚远,呈现出一种尽量运用规则的几何线条的、简约的画风,与那些日常用品的陶片上发现的纹样相当类似,只是工艺要精湛许多,看来陶片上的纹样正是以这块石板作为临摹的范本。

在石板的左上方刻有六个姿态各异的人像,抑或是神像,他们的面貌均以简单的线条勾勒,十分相似。我想,他们主要靠各人右下角所镌刻的不同的符号来区分各人的身份,那可能是各路神明的名字或别的什么称呼,至于占了画面巨大部分的椭圆形却伸出几条触手的图案,我就完全不明白那是什么东西了。在我看来,那像是一个压扁了的、被截去了大部分触手的海胆——如果那出现在米罗的抽象作品中,我丝毫不会感到惊奇,然而在一幅八千年前的壁刻中看到,着实匪夷所思。

石板的左下部那六个神明的形象再次出现,当然我不能肯定他们是否与上面的是同样六个人,因为他们的周围没有刻任何符号。这次他们改换成了同一种姿态,如果在现代礼仪中那应该是道别,大海胆——我暂且这样称呼它——的形象与他们重叠在一起。

而占了这幅壁刻的大部分画面的、镌刻在右侧的图案就好懂多了。我想我看到的是一条张开嘴的蛇,一个人走进去用某种尖利的物体刺向它的心脏。没错,那的确是条蛇,一条巨大的蛇。

第一章 / 不合常理的铁器

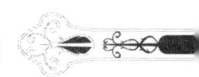

令我惊讶的是,画面中出现的圆形、方形以及三角形的图案——很难想象在没有辅助集合工具的情况下能徒手画出如此规整的图案——如果要我相信新石器时代的人会几何画法,那还是让我相信邻居家养的狗会三角函数更容易些。

我一边仔细观察着这块透着诡异气息的花岗岩石板,一边努力在人群中钻来钻去,由各个角度拍摄石板的照片,包括全景和局部,尤其是那六个带有古怪符号的人形。

就在我沉迷其中的时候,吴教授忽然惊醒过来,腾的一下站起来,对身旁的年轻人喊道:

"立即取样作碳-14放射性同位素测定,我要立即知道结果!"

然后,他对所有尾随的记者道:"今天的采访就到此为止吧,我们还有工作要做,一旦有更新、更重大的发现,我们会召开新闻发布会的。"——这是送客令。

当我们从地下的圣堂走出来的时候,发现整个发掘现场架起的灯不知什么时候已全亮了,天边还剩下最后一丝光——虽然不怎么情愿,但在考古队的一再要求下,我们所有的记者都不得不顶着夜色踏上了回德令哈的路。

第二章

外星人遗址

Chapter 2

回到德令哈之后,我终于可以在我下榻的宾馆吃到一顿像样的晚餐,而不必再用压缩饼干和开水来折磨我的胃,这令我暂时将古村落遗迹的事抛诸脑后。

宾馆的餐厅很宽敞,应该说,这里的每一个地方都很宽敞,不像上海那般惜地如金。虽然装修有些简陋,然而我的心情很快舒畅起来。上来的都是些平常的菜,新鲜的羊肉、牛肉、猪肉以及各式新鲜的蔬菜,我肯定那些都是新鲜的,绝不是冻了许久的存货。也正因为新鲜,令我觉得格外美味——这顿晚餐是我到青海以来又一样令我印象深刻的东西。

服务生向我介绍,在德令哈的近郊有不少农场,据说在新中国成立初就建立了,因为毗邻克鲁克湖,淡水供应很充足,德令哈虽然地处戈壁滩,但总是能有充裕的农产品供应。我注意到他的普通话有些别扭,看他的长相,也接近于维吾尔族或蒙古族,至少是有些血缘相亲的少数民族——我对少数民族了解不多,但在来之前我就已经被告知这里是多个少数民族的聚居地,并被提醒要注意当地的风俗习惯等。看来他们除了经济不够发达之外,早已接受了现代人的生活方式,那些特殊的风俗习惯的痕迹早已经很淡了。

我从服务生口中听闻了一些有趣的地理状况：古村落遗迹所毗邻的克鲁克湖并不是附近唯一的湖，与它仅相隔数公里，就有一个湖——托素湖，与它形成了一对双生湖。附近的重要水源巴音河从双生湖——克鲁克湖与托素湖中间流过，而且都有支流注入两湖，奇异的是，比克鲁克湖面积稍大些的托素湖，竟然是个咸水湖。

"你不是本地人吧，你不是本地人我才和你说这些的。你要去克鲁克湖没关系，但托素湖那一带，最好别去。"

"为什么？"

"因为托素湖旁的白公山，那不是个好地方，它会给你带来厄运的！"服务生的神情显得有些紧张。

"白公山？"我立刻想起了看过的那则新闻。他是指"外星人遗址"吗？

服务生开始变得有些神秘兮兮的样子："白公山是妖山，据说那里面有一些古怪的铁，是妖物。"

"……铁？"

有时候没见过世面的小地方的人总会有一些令我们这些久居大城市的人难以理解的迷信，这并不是什么奇怪的事。

然而……铁？古村落的铁器……外星人遗址……

那一瞬间，我忽然对他那种讳莫如深的态度产生了兴趣。

第二天将是无聊的一天。

我将照片与报道通过电邮发回报社后，躺在宾馆的床上这样想着，返程机票订在后一天的中午。

我从包中拿出笔记本电脑，接上数码相机，仔细研究着铁器和那块神秘的石板壁刻的图片。或许在八千多年前，这六个形象所代表的神明每一个都有或惊心动魄或感人至深的传说，然而时光流逝，旧的传说在历史中湮灭了，新的传说正在兴起。

比如，那个服务生神秘兮兮地对我说的有关"妖山"的事。

我忽然想到了明天的节目。

与克鲁克湖如孪生姐妹般镶嵌在戈壁中，又与之截然不同的托素湖，那个咸水湖，还有那个神秘兮兮的白公山——在记者提问的时候不也有人提到那座山吗？不如明天去探访一下。

翌日一早，我就背上些必需品上了路，向当地人打听后，我了解到我还是必须先到达克鲁克湖附近然后徒步走过去，对于步行，这是一段相当长的路程。

途中路经巴音河，十月份正是枯水期，巴音河仅有涓涓细流。

在午饭时间，我到达了托素湖。

托素湖看上去比克鲁克湖更宽阔壮美、碧波万顷，阳光倒映其上，白得刺眼。我捧起一小捧湖水，用舌头舔了一下，果然咸得发涩。

看来，这真是个只可远观、不可亵玩的美人。

吃过午饭之后，我开始向湖南面的白公山进发。

白公山与托素湖毗邻，近到甚至山角就成为湖岸的一部分。

再走近一些，我开始发现有些不对劲儿了，如果我没看错的话，绕着山围了一圈的，应该是铁栅栏。

那些铁栅栏足有两人高，隔一段距离就有人站岗，而白公山周围也搭起了四五顶帐篷，众多军人模样的与一些由衣着看不出身份的人在帐篷之间穿梭忙碌着，令这里看上去像个游击队指挥部——我不知

第二章 / 外星人遗址

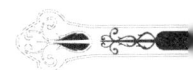

道发生了什么事。

在绕着山走了半圈之后，我到了一个类似入口的地方，那里同样有卫兵把守，不让我通过。我问他发生了什么事，他说他也不知道，只是奉命执行任务。我向他表明了自己的记者身份，但无济于事，反而对我越加警惕起来。我知道不可能在这里得到更多的信息，于是我决定走完剩下的那半圈，然后再原路返回德令哈。

我最后回头望了一眼这座已经沙化成黄色的小山丘，那些黑红色的痕迹，似乎的确有些铁锈的痕迹留在山的表面。

此行唯一有意思的一件事，就是我在白公山的东北角发现了一块倒伏的水泥碑。碑的一小半已经埋进了沙里，然而我依然可以分辨上面刻的刷红漆的阴文魏体字。

那上面写着：

"德令哈市外星人遗址"。

我们曾将北外（北京外国语学院）戏称为"北半球外星人遗址"，没想到的是，真的会有人正正经经地将后五个字刻在碑上竖起来。

在回到上海之后，我将此事当作笑话讲给同事们听。

"你说你真的见到那块碑了？"我们的文艺记者张莹问道。

"千真万确！"

"那你来看这个。"

"新华网德令哈6月16日电（记者王军、钱玲） 颇有争议的青海'外星人遗址'将迎来首批专家学者对它进行深入研究。

"记者从青海省海西蒙古族藏族自治州政府了解到，由北京UFO研究会等单位组织的航天、气象、天文学等领域的9位专家学者计划

在月内前往柴达木盆地的'外星人遗址'进行考察，探讨外星人是否真的光临过这里。

"这座传说中的'外星人遗址'位于柴达木首府德令哈市西南40多公里的白公山。白公山北邻克鲁克湖和托素湖，这是当地著名的一对孪生湖，一淡一咸，被称为'情人湖'，留有美丽动人的传说。'外星人遗址'就坐落在咸水的托素湖南岸。远远望去，高出地面五六十米的黄灰色的山崖犹如一座金字塔。在山的正面有三个明显的三角形岩洞，中间一个最大，离地面2米多高，洞深约6米，最高处近8米。"

"我早就看到了。"我说着，其实这和我之前看到的并不是同一篇报道。

我快速查阅了相关的链接，就在我去青海的这一个星期中，几乎所有有影响的网络媒体都争相报道了关于这个荒谬的"外星人遗址"的消息，像新浪这样的门户网站更是辟出大块版面做相关的深度报道，而在某一时刻，又有各大权威的平面媒体开始一致讨伐有关"外星人遗址"的"谣言"。老实说，一时谁也分不清青红皂白。

虽然关于"外星人遗址"的证据都显得相当可疑，而"辟谣"中说山中镶嵌有铁管是西北地区常见的自然现象的说辞就未免近于无赖了。若是如此，那戈壁上早已铁管横陈，宝钢也不必从澳大利亚进口铁矿石了。

"呵呵，德令哈想开发旅游资源想疯了吧？竟然搞出这么离谱的东西。"

"如果这只不过是空穴来风的话，那干吗要封锁白公山呢？"

我并没有回答张莹的这个问题，因为我心中存在着同样的疑问，

第二章 / 外星人遗址

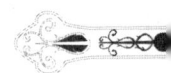

我的笑容依然挂在脸上,然而我想我的内心已经发生了某种程度的动摇。

接下来数天紧张而乏味的工作日令这个疑问渐渐蒙上灰尘,我写的有关克鲁克湖古村落遗迹发掘的新闻稿也没有收到预期的轰动性效果——不单是在上海,似乎其他地方的媒体对这一事件的态度也很冷淡——这多少出乎我的意料,大概是最近爆炸性新闻太多了。当我几乎要将这事抛诸脑后的时候,事情出现了一个转折。

这个转折来源于我的一个朋友出乎意料的来访。

我和叶瞳大约是在三四个月之前在一次无聊的记者招待会上认识的。

我们之所以结识是因为我们的座位离得很近,我是说,就紧挨着。当然,更重要的是,我们都在看同样的书——《魔戒》。

我们都是好奇心强烈的人,出于同样的志趣,我与她很快就熟识了。她对于奇异事件的痴迷程度,没有比用"怪力乱神"来形容更贴切的词语了。令我惊讶的是,她竟然供职于一家乏味的机关媒体,那家机关媒体我至今仍记不住它的刊名。

叶瞳应该算是个漂亮的女孩子,至少我是这样认为的。

她的漂亮并不是那种精致的美丽,她的脸廓分明的线条令她看上去柔中带刚。

她出生于青海,是的,如果你还记得我向你提到过的那个出生于常地震、冰雹能砸死人的地方的朋友,那就是她。据说她并不是汉族人,而是属于一个早已被历史所遗忘的小部落,对于这一点她本人讳莫如深,我们谁也说不清楚她到底是哪个民族的。这多少令她披上了

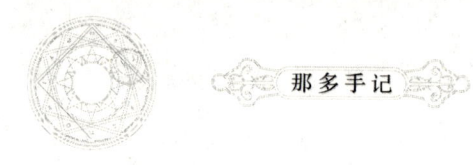

神秘色彩的薄纱。

如果你在上海街头遇见这样一个女孩子，你一定不会想到这些——她在很小的时候就离开了家乡，独自到上海来闯荡，老实说，对于这一点，我心底是十分钦佩的。

正如你所预料的，她的来访就此改变了我的生活。

"那多！"她在办公室放肆地叫喊我的名字，好像大家的目光并不是投向她，而是穿过她的身体直接投射到背后的墙壁上去了。

"别这么大声，能听见！什么事？"我从角落中的方格探出脑袋。

"你出来，有急事找你！"她的音量丝毫没有减弱。

可能是由于办公室常年笼罩的烟雾阻碍了我们彼此的视线，我的音量也提高了八度："有什么事过来说！"

叶瞳径直穿过我的办公室，抓住我的胳膊就向外拖，将大家的笑声与议论抛在身后。

"你搞什么鬼？"我多少有些火大。

"最近有空吗？"

"不忙。"

"听说你最近去过德令哈？"

"你倒是消息灵通。"

"恐怕你还得再去一次。"

"莫名其妙。"我挠挠脑袋，"这种对话像是古龙小说里的。"

叶瞳忍不住笑了，说："我邀请你和我一起去。"

"你疯了吗？你去那里干吗？"

"我正常得很！"她挥挥手中的纸，"刚接到家族里的紧急通知，要我回去一趟。现在我的部落就在德令哈附近的一个小村庄里。"

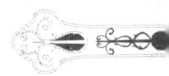

"那关我什么事?"

"换个地方我再给你解释。"她拽住我的胳膊就向外拖。

"等等,让我先收拾东西啊……"

然而我还是没有能够迤迤然地收拾好东西再下班。在我被硬拽出办公室后,可以听见身后同事们爆发出的哄笑声。

太冤枉了,这种笑声,我和叶瞳可还没发展出那种关系呢。

在报社附近的一家茶坊中。

大厅里充斥的打牌的吆五喝六声,令我不得不和叶瞳凑得很近才能听清彼此在说什么,这令我和叶瞳看上去像对情侣,不过我们所谈论的事和谈情说爱完全无关,这种状态令我感觉有些滑稽。

叶瞳一边喝着珍珠奶茶,一边向我讲述事情的来龙去脉:

"三天前,我收到了一封从家乡,不,准确地讲是从我的家族里寄来的加急挂号信,信中要我火速赶回德令哈的族里去,这可是稀罕的事。

"我们的部落虽然人丁单薄,却行踪神秘,至今都在四处游荡,连找我的族人都不是件容易事。在古时候,我们的部落被称为'德米尔希',你知道对我们而言这个词代表什么意思吗?"

"不知道。"

叶瞳伸出舌头,做了个鬼脸,阴森森地道:"地狱看门人。"

这五个字清晰地钻入我的耳膜,它仿佛具有一种屏蔽我们所处的嘈杂环境的神奇力量,我忽然感觉进入了另一种安静而僵硬的状态。我想,我可能是被这个词震慑住了。

"我想,我们是赶上了几百年才有一次的大祭祀!"叶瞳的语调因激动而提高了半个音。我忽然惊醒过来,喝了口面前的珍珠奶茶以掩

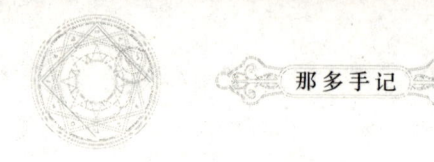

饰我的失措。

"自古相传,我们族里有一个上古传下来的神盒,隐含着神谕,每过数百年,神盒有异动,神谕降临,族里就要从天南地北集齐所有的族人,进行一次大祭祀!据说那个神盒,已经传了几千年!"叶瞳忽然把脸凑近,面带微笑,以一种低沉的语调道:"这个传说我们族里自古相传,我小时候就已不知听过几百遍了。神盒中所禁锢的,是我们上古的先知降伏恶魔时所斩下的恶魔的手指,当手指有异动时,恶魔将再次降临!"

看着她说话的神情,我就知道她非去不可了,而我微微感到有些不安,可能是由于"地狱看门人"这个词语的缘故,或许是因为叶瞳——这个女孩子对于神秘世界的向往足以令她做出疯狂的举动。

"这么邪?"我笑笑道,"我凭什么相信你,你当我是小孩子啊?"

"信不信随你。"叶瞳把身子向后仰去,跷起二郎腿,恢复了她满不在乎的语调,"如果你不想看三四百年一次的降魔祭祀的话,也随你,我又不是非要你去不可!"

最终我还是答应和叶瞳同赴德令哈。

好奇心,又是该死的好奇心。

我想,我再次落入好奇心的陷阱中了。

第三章

降魔勇士
Chapter 3

我向领导申请休了一星期的年假,与叶瞳一道第二次踏上了去青海德令哈的路。

凑巧的是,在包头上车的人中,叶瞳遇到了她的堂兄。

据说他们有相当一部分族人分散在全国各地,甚至都素未谋面,只剩余一百多人仍依照传统在柴达木的深处过着游牧生活。奇妙的是,族人与族人之间似乎有一种特别的辨认方式,叶瞳与十几年没见的堂兄很快认出了对方是谁。

他的堂兄是一个并不怎么健谈的家伙,只是偶尔和我搭搭腔,大部分时间,他要么一个人发呆,要么和叶瞳聊几句,看上去似乎一副忧心忡忡的样子。

他们用一种我听不懂的方言交流,显然是不想让我这个外人接触到他们族内太多的秘密。似乎堂兄所知道的,比叶瞳要多一些。他们谈话时,叶瞳时而会露出惊讶的或若有所思的神情。她也会将他们谈话中的一些关键部分翻译给我听,那是有关他们族中传说的主宰者——神盒。似乎这次祭祀相当重要,重要到关乎命运,还有一场盛大而严谨的仪式——所有这一切令我感觉越来越耸人听闻。

我对此不以为然，相对于这个没头没尾的传说，我对被封锁的白公山和那个神秘的新石器时代遗址的兴趣更浓厚些。

经过了两天半的劳顿旅途，我再次踏上了德令哈沙化严重的土地，而叶瞳也回到了她阔别十几年的故乡。

叶瞳联系了当地的远亲，得知族人暂时落脚的地方在德令哈西面的郊区。

我们一行三人一直往西走，一路上有人不断地和我们打招呼，寒暄几句，然而更多的人避之唯恐不及，我们顺路向街边的摊贩买东西时也受到了极不礼貌的待遇。他们显露出畏惧的神情，不肯将东西卖给我们，也不肯碰我们的钱，甚至好像连与我们多说一句话都是令他们厌恶的事，他们只是不断地用土语轰我们走。当地的族人们也都用布蒙着脸，显然不愿被人认出来。

街上形成了一种奇特的景象，我与叶瞳的族人们就如同欺行霸市的恶霸匪帮一般从街上扬长而过，路人纷纷走避，好奇的孩子们被大人强行拉进屋子里，只剩下一些外地人好奇地看着我们这一帮人，却也不敢靠得太近。

我忽然明白了"德米尔希"的恐怖传说在当地民间的影响力有多大，叶瞳与她的堂兄在火车上讳莫如深的交谈也并非为了刻意向我渲染恐怖的气氛，以至这种恐怖感已经渐渐浸染到了我的身上。

越接近郊区，同行的人越多，看来的确如叶瞳所说，所有接到通知的族人都在向那里会集。

在一间古旧但打扫得很干净的屋子里，我见到了"德米尔希"的族长，一位上了年纪的老婆婆。叶瞳与她的堂兄都叫她"奶奶"。

奶奶似乎并没有因孙子孙女的归来而显得特别高兴，她只是淡然

第三章 / 降魔勇士

地招呼我们坐下,并着人端来一些水和干果,她似乎心里也担着一件极重的事。

照理说,一位年近八十的老婆婆没有理由让我觉得害怕,虽然她布满皱纹与斑点的脸上面色严峻。我总有种受到威胁的感觉,尤其是当她用隐藏在无力的、下垂的眼睑后的眼睛注视我的时候——可能是因为奶奶全身上下戴满的古怪饰品令她看上去有点像个巫婆。

"他不是我们的族人,他是谁?"奶奶问叶瞳。

"他是和我一起来的。"叶瞳道。

"你知道规矩的,我们不欢迎不相干的人。"

"他是我非常好的朋友。"叶瞳的这句话说得有些暧昧,于是我也向她摆出一个有些暧昧的笑容,她朝我挤挤眼睛。

奶奶终于露出了一点笑容,我想我和叶瞳都利用了一个老年人对某种事情的误会。

"那好吧,他可以旁观我们的祭祀,但你要对他说清楚规矩。你们跑了那么远的路,都累了,去休息一下吧,傍晚在天井集合。"

傍晚。

当我们目力所及的最后一丝红霞褪尽的时候。

在空地的中央燃起了篝火,在靠近屋子的那一侧架起了巨大的神台。奇怪的是,神台上没有摆放任何祭品,只是在中央有一个奇怪的小盒子,那可能就是传说中禁锢恶魔手指的神盒了,我想走近一些看看,然而叶瞳示意我坐在一边。

我午睡醒来之后叶瞳就不见踪影,直到现在才在人群中再次发现了她。她已经换上了本族的服装,同样地,也佩戴着一些我从没见过

133

的饰品，那与普通的花纹繁复的民族饰品不同，而是一种线条简约的首饰。她的民族服饰与她的容貌很相配，令她更显妩媚。

要是穿这一身去上班，不知要迷倒多少人。我站在一旁，看着近百人围成里外三层，令我奇怪的是，族里的长辈似乎只有奶奶一个人，来参加聚会的似乎都是些不超过三十岁的青年男女。

难道是集体婚礼或是比武招亲什么的？我在一旁胡思乱想。

忽然有个洪亮的声音响起——你很难想象那竟然是一个年逾古稀、看上去气息奄奄的老人在讲话。

"族人们！"她用的是略带生硬的普通话，那可能是因为族里的年轻一代并不全都通晓族里的方言——叶瞳曾对我提过这一点。

"恶魔的手指蠢蠢欲动，神盒的征兆再次降临，击退藏于冥冥之中的恶魔，令它无法吞噬世上的任何东西，这是神赋予我们的使命，你们心中都应该有这样的信念，我们是神的仆人，这一使命从数千年前流传至今，而新一代的英雄将从你们当中产生！"

人群静默无声。

坐在一旁的我微微感到有些凉意，不知是因为中秋十月戈壁上的萧索，还是因为这奇异而肃杀的场面。

一个族人端出一个巨大的、几乎可以盛一升水的玻璃杯放到神台的中央，杯中盛了大半杯水。

"我们依旧沿用古老的规则，每人在地上抓一把沙子，投入杯中，当杯中的水溢出时，那个人就是神选出的勇士！"

人们开始排着队向杯中投沙子，杯中的水位越升越高，接近叶瞳的时候，杯子已经差不多满了，排在叶瞳前面几位的年轻人开始小心翼翼地将手中的沙子一点点投入杯中。

第三章 / 降魔勇士

在人影攒动的仪式队列中,我隐约看到了叶瞳半眯着眼睛微笑的神情。

到了叶瞳,她忽然将一大把沙子一下子都撒进杯中,杯中的水立即溢了出来。

奶奶捧着神盒走在前面,一言不发。

我与叶瞳跟在奶奶后面步入老屋子昏暗的地下室,叶瞳脸上带着古怪的笑容——每次我看见这笑容时,她都会做出一些有悖常理的疯狂的事。

当杯子里的水溢出来的一瞬间,人群欢呼起来,而我瞥见奶奶的脸色变得有些难看。

在远离文明的戈壁,神秘的部落里,去做击退恶魔的勇者,没有什么比这更疯狂的了。任谁都能听出奶奶话中危险的预兆,天知道有什么在等着我们。

然而叶瞳得意非凡。

"你为什么要这么做,你知不知道这可能很危险?"我有些激动。

"这才是真正的冒险!"叶瞳看上去真的像个踌躇满志的勇士。

"你真行!"她这种不负责任的态度令我有些火大。

"你要是珍惜自己的性命,那你一个人回上海好了,我自己去!"叶瞳轻描淡写地说。

"你明知道那是不可能的。"我道。

地下室。

这里没有电灯,只靠四支蜡烛照明。

奶奶将神盒放进嵌在墙壁上的神龛中,这令我得以近距离地观察

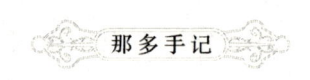

这只盒子。

这的确是只奇妙的盒子。

盒子的下半部分没有任何光泽，在这昏暗的环境中无法判别是用什么材料做的，而上半部分似乎是透明的玻璃，令我可以看清楚他们所谓的"恶魔的手指"就是一段锈迹斑斑的铁管子，沉于透明的液体之中。

"别去动那个神盒，它不会给你带来好运的。"奶奶的声音又变回了我初次见到她时那般苍老，她正在擦拭着墙角木箱上的灰。

"我们该怎么做？"叶瞳问道。

奶奶打开木箱子，拿出一个布包，打开布包，里面是两卷羊皮，她取出其中的一卷，有些痛惜地道：

"即使你是我的孙女，也不能坏了祖宗的规矩。你们成为神挑选的降魔者后，就要永远离开部落，无论发生什么，都不能再回到族里，族里的人也不会再见你，所以从明儿起，奶奶就再也见不到你啦。"

"为什么？"叶瞳被这突如其来的回答惊呆了。

"这是祖宗的规矩。"

"奶奶，你为什么不早告诉我？"

"这也是祖宗的规矩。"

"奶奶……"叶瞳忽然扑在老人怀里，像个孩子那样泣不成声，"对不起，奶奶……"

"这一切都是天意啊！"

"拿好这卷羊皮卷，它将指引你击败恶魔的道路。"奶奶将羊皮卷塞在叶瞳的手中，"这次有人帮助你降魔，我就放心多了。"老人看了我一眼，"希望你们二人能够安然度过这一劫。"说到此，她那张表情

第三章 / 降魔勇士

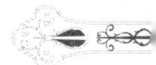

总是深藏不露的脸上，忽然老泪纵横。

这一晚，叶瞳的心情很糟糕，在床上辗转反侧，不断地流泪，又变回了一个脆弱的女孩子——即使在几小时之前她还俨然是一个降魔勇士。我也不知该怎么劝她，这是在青海时格外压抑的一晚，我在昏暗的灯光下沉沉睡去。

第二天很早我们就都醒了，青色的阳光没有什么阻碍地照进屋子里。出了这个村子，就是一望无际的大戈壁。

叶瞳忽然对我道："那多，这次是我错了，从一开始我把你一起拖来就错了。我想过了，这是我们族里自己的事，与你无关，你还是一个人回上海吧。"

在经历了一夜的心情多次跌宕之后，我已经变得相当平静了，甚至连原先的恐惧在我心中都已经成为微不足道的灰尘："从一开始被你拖下水的那一刻，我就没想过要一个人回去。"我平静地望着她道。

"可这是我族里的事，而且可能很危险！"

"呵呵，你也知道危险吗？你一个人去岂不是更危险？"我微笑一下，尽量令自己脸上的笑容显得轻松一点，"还记得奶奶说过的话吗？我早已经被卷进去了。"

叶瞳望了我三秒，微微一笑。她还未换下那套民族服装，在晨光中，信心与意志力仿佛又回到了她身上，她又成为那个神秘的游牧民族的女儿、降魔的勇士。

"那好吧。"她耸耸肩，揉着她的黑眼圈，"我需要去换套衣服，吃点东西，然后休息一下，我们下午出发。"

在出发之前，我们仔细研究了那卷羊皮卷。

137

羊皮卷共有五张，已经变得相当干燥，发黄发脆，必须极小心才不至于损坏。看上去，这是几百前年流传下来的古物。

第一张羊皮上用潦草的字迹写着一篇"神谕"：

"吾怀圣心自天降于大地焉，但见鬼树猖肆而托素泛血，沃土败蚀而素民垂泪，欲授汝辈后人重得百年安居之法。

…………

"汝乃勇士，当持吾图而取圣石，投入妖山以治鬼树。汝所履乃天责也，汝必大义，投毕圣石即远遁他乡，终生不见族人，若不其然，大难临于族中，汝之罪也。

"汝辈后人，当遵此谕，若有违者，土则非土，家则亡家，从此颠沛漂泊，再无栖息安居之地。"

文章若是放在数百年前，算是相当直白的了，我和叶瞳理解起来都没有什么困难。

而第二张羊皮上所绘的图形完全令人一头雾水。

羊皮的左上方画着一个圆圈，圆圈旁边有一个圆点，以圆点为起点，向圆圈的圆心的反方向拖出一条线；右上角的一个圆圈上不规则地遍布着长长短短的线段；而下半部分的圆圈上的线段比右上角的稀疏了些，却有许多小圆点围在圆圈周围，并且每一个圆点都拖出一条指向圆心的线。

我们百思不得其解，只好先跳过这一张。

第三张羊皮的图案有着关键性的启示。

图案上下分别画着两个不规则的图形，在两个图形之间有六个呈梅花状排列的圆点，正中的一个旁边画有一个小而精致的蜘蛛图案，还特别标注了一行文字：

第三章 / 降魔勇士

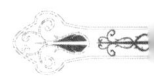

"寻入圣室，须照此图。"

这显然是一张地图。

然而这张地图连任何的方向与参照地点都没有标注，也不知该到哪里去找这"圣室"。

当我们铺开青海省地图相对照的时候，一切都豁然开朗，那两个不规则的图形，就是那对一淡一咸的双生湖——克鲁克湖与托素湖的轮廓，分毫不差。

第四张羊皮满幅地画着一条巨大的蛇，一个人手执宝剑，步入蛇的口中，剖开它的心脏——我还清晰地记得一个多星期前在克鲁克湖畔发现的新石器时代的遗迹，这幅图竟然与当时所发现的石刻上的部分图案如出一辙，那遗迹在那之后再没有传出过什么消息——新石器时代的农耕村落，不合常理的铁器，神秘而古老的游牧民族，神盒、恶魔的传说，我一时也无法理出这其中所暗藏的微妙的、纷繁的头绪。

而这件古怪的事，我也没有向叶瞳提起。

最后一张羊皮，又是一张地图，其内容虽然如迷宫般纷繁，但入口与目的地都以圆圈标示得很清晰，相比上一张地图就要易懂得多了。只是这张地图上并没有文字标注，也不知在哪里会用得到。

五张羊皮中，我们唯一弄明白的是第三张上所标示的"圣室"之所在。在吃过午饭之后，我们动身赶往克鲁克湖，这个我探访多次的小湖泊，就像一个上古的妖精，变得越来越神秘。

当我和叶瞳离开这个德令哈近郊的小村庄时，我们以为这辈子都不会再回到这里了。

第四章

圣室

Chapter 4

  我和叶瞳约于下午三点到达了克鲁克湖以南、托素湖以北的那一片区域，天空开始变得阴霾，风沙四起。

  在风沙的天气行走于戈壁之中是十分危险的，而四周除了戈壁上形状怪异、或高或矮的小山丘之外，没有任何线索，我们只得找一个最近的山丘避一避风沙。

  我们二人挤在山丘中一道狭窄的裂缝中，风沙仍是扑面而来，打得脸生疼，我们必须小心地呼吸，一张嘴就是一口沙子。

  叶瞳开始朝裂缝的里面移动，并扯扯我的衣服，示意我也向里走，大约走出四五米后，裂缝开始变得宽敞起来，风沙声渐小。裂缝口不远处形成了一条灰暗的光带，风沙肆虐。这里却是个理想的避风场所。

  洞中一片黑暗，我与叶瞳打开手电，探看四周，似乎仍有路通向洞的更深处，我们继续向前走，路开始变得倾斜，似乎是通往地下。走出十几步后，这条通道似乎深不见底，叶瞳开始害怕起来，我也不愿在我们找到"圣室"之前就陷入危险中，于是我们回头。

  就在走出这段倾斜的通道时，我和叶瞳的手电筒不约而同地照在

第四章 / 圣室

岩洞上方的天花板上，叶瞳忽然发出一声惊呼：

"几布！"

岩洞的天花板就如同被打磨过般光滑，在它的正中央刻着一个奇怪的符号。

这符号，我忽然觉得有些眼熟。

叶瞳还呆呆地望着那个符号出神，我从背包中拿出笔记本电脑，翻查在克鲁克湖古村落遗址的发掘现场所拍的照片。那十几张各个角度的壁刻的照片立即点亮了我的回忆——壁刻，那有六个人形的壁刻图案。

每个人形的右下角都有一个符号，而左起第二个人形脚下的符号，与岩洞天花板上发现的这个符号极其相似。

笔记本电脑忽然被叶瞳一把抢了过去，她惊讶地盯着这些壁刻图案，问道：

"你怎么会有这样的照片？这是在哪儿拍的？这是代表我们族里供奉的'六大荣神'的图案啊！"

我将采访克鲁克湖遗迹的事一五一十地告诉叶瞳之后，她向我解释了壁刻中各个符号及人形的意义：

"我们族里供奉的神有六个，我们称他们为'德米尔希六大荣神'，这画中左起第一个符号代表的是'光之神古多目'，第二个是'智慧之神几布'，右起第一个是'飞翔之神帛乙'，第二个是'火焰之神西及卡'，第三个是'水之神滴罗'，排在中间的这个最高大的就是六神之首——'预言之神来色而'。"

"原来你们的祖先是在克鲁克湖边耕作的部落，可是为什么你的族人都说你们是四处漂泊的游牧民族呢？"我问道。

"我也没有听族人说起过这些事，你知道，一个游牧民族对他们祖先的记忆总是模糊的，我想是因为后来克鲁克湖畔的土地开始荒漠化，不再适合耕作，我们的族人才四处游牧的吧。"

"我在遗迹的壁刻上也见到过那张走入蛇口。剖开蛇心的图案，那可能就是所谓的'降魔'了，竟然在八千多年前你们部落就有此使命，一直流传至今，还真的每隔几百年就要选出一名'勇士'，煞有介事似的，难道真的有'恶魔'存在吗？"

"我也不知道。"叶瞳似乎有些动摇了，"我们还是先找'圣室'吧，有了这些线索，应该不难找了。"

洞外风声渐息，天也开始放亮，沙尘浮在空中随风舞动，大戈壁一如既往地苍凉，不知包藏了多少神秘。

我们放眼四顾，果然，视野中有五个形态各异的山丘，彼此相隔约三四百米，呈梅花状排列，正中是一座极低矮的小丘。

我们直奔小丘而去，走到近前，小丘的高度竟然还没有一人高，更别提什么山洞入口了。

"喂，难道洞口已经被风沙埋住了？"

"不可能，你来看这个！"叶瞳喊道。

顺着叶瞳手指的方向，可以分辨沉积岩上刻着的模糊的符号，经过千百年的侵蚀风化，它就如同一些普通的裂纹那样不起眼，这正是代表六神之首"预言之神"的符号。

"你们的'预言之神'叫什么名字来着？"我问道。

"来色而！"叶瞳大声说。

忽然小丘整个平移了近一米，露出一个黑黝黝的洞口。

我与叶瞳面面相觑。

第四章 / 圣室

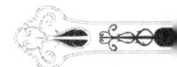

这种原本仅存在于《印第安纳·琼斯》类型的电影中的情节,竟然活生生地发生在我与叶瞳这种小人物面前。

事情变得越来越诡异。

当我钻入洞口的一刹那,忽然有了一种非常不祥的预感。

我们进入洞口不久,洞口上的小丘就又自动移回了原处,洞内一片黑暗,我与叶瞳打开了手电筒。

我们必须走过一段相当逼仄的通道,路很陡,必须极小心才能避免滑下去的危险。

"圣室"在地下很深的地方,我们已经走了几百米。

我一言不发,心中疑窦丛生,如果这一切是真的,而不是一个骗局的话,那就太匪夷所思了——仅仅是洞口那个魔法般的声控门,就令我感觉如同进入了古老的阿拉伯童话中的世界。

当我终于踏上洞底的沙地的时候,立刻被眼前的景象震慑住了,以至于后面的叶瞳撞在我身上,几乎把我撞翻在地。

"那多,你干吗站着不动,你……"

她的话说了一半就再也说不出了,当她也置身于这个"神的洞穴"之中时,立即被所看到的一切惊呆了。

洞并不大,四壁打磨得异常光滑,向上延伸,形成一个穹顶。

而洞中的大部分空间被一个椭圆的、表面斑斑驳驳的大家伙所占据,它并不是一个规整的椭圆,后半部分比前半部分更大些,紧贴着洞壁,而它的下半部分仍埋在沙土里。

它看上去是金属质地的,却通体发出淡青色的柔和的光,照亮整个岩洞,在它的前方上下左右各有一条碗口粗细的金属索插入岩壁中。

143

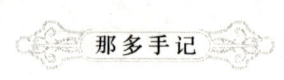

我想到克鲁克湖遗迹壁刻上的"海胆状"的物体,正是眼前这个"六神的神殿"。叶瞳不禁走上前去抚摸它表面上斑驳的凹痕。

"神迹!"叶瞳仿佛已经被它给迷住了。

我开始理解为何叶瞳的祖先们会拥有超越时代的技术了。

"天外来客!"我惊呼,"这就是你们'德米尔希六大荣神'的真正面目。"

然而流传千年的"降魔使命"依然是个谜——如果"六大荣神"确有其人,那么"恶魔"究竟会是怎样的可怕东西呢?

此时,我的脑海成了恐惧感与好奇心交锋的战场。几千年来,"降魔"的勇士从来没有人回去过,"圣室"的秘密也深深埋于地下不为人知。我和叶瞳虽然都曾经历过一些不寻常的事,但我心中丝毫没有把握能够活着回去。然而对这个事关外星人的大秘密,我又不甘心就此放弃。

忽然"神殿"的正中央陷下去一块圆形的缺口,而淡青色的光开始变暗、闪烁,最终完全熄灭,洞中只剩下我与叶瞳手中两只手电筒昏黄的光。

"叶瞳,你怎么样?"我向手电光的方向奔去。

"我没事。"

"发生什么事了?你干了什么?"

"你还记得第三张羊皮上的蜘蛛吗?"叶瞳将手电光照在"神殿"上,笼罩在光柱中的是一个肥胖的蜘蛛的图案。奇异的是蜘蛛的右半边长着五条腿,叶瞳用手比了比,那五条腿与肥胖的蜘蛛的身体恰好是一只人手的形状。

"我只是把手放在了这里。"她道。

第四章 / 圣室

旁边凹陷下去的圆形的洞似乎就是"圣室"的入口。

我与叶瞳对望了一眼,她抓住我的手腕,一同进入了"圣室"。

"圣室"中宽敞而空旷,我们借着手电光环顾四周,整个圆形的空间被一种类似玻璃的透明材料分隔开,彼此并不连通。透过玻璃看过去,每一个仓室都有各自的入口,看来从另外五个山丘的入口下来将进入相对应的五间仓室。

主仓室,也就是我们所进入的"圣室"中,没有任何东西,仅在仓室中央有一个方形的柱台,走近一看,柱台中央也有一个蜘蛛形状的图案。

叶瞳忽然扶住我的肩,道:"那多,我有点头晕。"

我同时也感到,不知不觉中,我的呼吸也开始变得急促起来。

缺氧!

我立刻拉着叶瞳退出了"圣室",外面并不比里面好多少。

"这里的氧气不够了,我们快离开这里。"

当我们用尽全力爬上那条陡峭的通道时,发现压在我们头顶上的小丘根本就打不开。

"来色而!来色而!……"叶瞳的叫声已经有些歇斯底里。

我抓住她的双肩拼命地摇晃:

"冷静点!叶瞳,冷静点!控制好你的呼吸!"

叶瞳终于安静下来,半晌,带着些哀怨说:

"什么'降魔',全都是骗人的,我们要死在这里了,那多。"

"不会的。"我坚定地说。

死亡的威胁反而令我冷静下来。

这条路已经被封死了,必须找别的出路。

145

我立刻拉着叶瞳,以最快的速度滑下通道。

洞中都是沙地,我和叶瞳都只是摔疼了屁股,我立即蹿了起来,连身上的灰都来不及拍,就冲入了"圣室"中。

"你还记得我们避风的地方吗?"我用手电光照向左起第二个仓室,"这五个仓室都能通到上面。只要我们能砸开这玻璃。"

我一脚踢在那"玻璃"上,巨大而清脆的回声响彻整个"圣室",叶瞳捂住耳朵,我不停地踢着这要命的"玻璃",它却纹丝不动。

几分钟后,我气喘吁吁地坐在地上,沮丧地道:"不行,我们穿的都是橡胶底的运动鞋。"

叶瞳如梦方醒,从背包里掏出一把全钢的小铲子,递给我,道:"试试这个。"

我退后三步,摆好架势,用尽全力将铲子向着"玻璃"掷过去。

"玻璃"上终于出现了一丝裂纹。

我们的脸上都浮现出欣喜之色,叶瞳再也不管那震耳欲聋的回声,与我一起狠命地踢着隔开两个仓室的"玻璃",那一点点裂纹渐渐蔓延开来,终于,几秒钟后随着一声极具穿透力的声响,"玻璃"上出现了一个大洞。

十几分钟后,我们又回到了地面上。

天已经全黑了,皓月当空,满天星斗。

我与叶瞳迎着戈壁上干燥而迅捷的风,贪婪地呼吸着,在这一刻,生命在我们身上变得无比美妙。

等我回过神来的时候,才想起来,那极似"玻璃"的外壳,应该是足够坚固到支撑飞船进行宇宙航行并且穿过地球大气层的,竟然会给我们用钢铲生生敲破,虽说这"玻璃"在地下不知埋了几千几万年,

第四章 / 圣室

或许外壳受到侵蚀,但人在危急关头爆发出的潜能,真是巨大。看看手上的钢铲,铲面已经弯曲得不成模样。

当晚,我与叶瞳回到了德令哈,一路上,我们死里逃生的欣喜心情渐渐变得沮丧。

这次探险,我们一无所获,既没有得到什么"神器",也不知该如何"降魔",甚至连"恶魔"在哪里、是什么都毫无头绪,也不知数百甚至数千年前的勇士是如何做的。

我们在德令哈的宾馆中租了个房间,在吃过晚饭,换下一身衣服,洗去满身尘土之后,我们决定拿出羊皮卷再研究一下,毕竟我们只用到了其中一张,还有四张呢。

而羊皮卷已被我们探险时的粗暴动作弄得四分五裂,在我试图将其重新拼起来的时候,发现在最后一张羊皮的背面还有文字,而粗心大意的我在研究羊皮卷的时候并没有发现:

"入我圣室,取我圣石,托素以南,投于妖山,石之所存,魔之不生。"

托素以南,妖山。

难道是白公山?

古村落遗迹、地下的外星人基地、白公山,自此,德令哈附近的三大神秘地点已连成一线。

"可能是政府也发现了一些蹊跷,白公山已经被封了。"我道。

"先不管白公山,我们先拿到'圣石'再说。"叶瞳道。

"'圣石',到哪儿去找?"

"这儿不是写得明明白白的吗?'入我圣室,取我圣石'。"

"可是'圣室'里什么都没有啊，除了那个柱台……"

"就是那个柱台。"叶瞳一旦脱离了危险，就显出她女孩子心细如发的特质来，"你还记得那柱台上有一个和'圣室'外面的图案相同的蜘蛛图案吗？既然外面那个是开启'圣室'之门的机关，那柱台上的，想必就是开启'圣石'存放之处的开关了。"

于是我们决定，第二天一早再探"圣室"。

叶瞳又恢复了她志在必得的样子，好像完全忘记了就在几个小时前，她还差点因为这个传说送了命。

或许300年后，我们也会成为"德米尔希"族人竞相传颂的"降魔英雄"呢。

第五章

"母体"

Chapter 5

次日一早。

当我们赶到"圣室"的入口的时候,那里已经变得像一个集市一样热闹。

大型挖掘机的轰鸣声,二十几顶帐篷,大批的设备与车辆,以及忙碌的人群,还有如白公山地区那般的铁栅栏与卫兵,这些仿佛都是从天上掉下来的一般令人难以置信。如果不是我和叶瞳昨晚还在这里有过出生入死的经历,我们一定会以为自己找错了地方。

于是我们装作路过的旅行者,试图接近"圣室"入口的那个山丘。

而在近十几米的地方,我们就被喝止了:

"哎,那两个人,说你们呢!这里已经被封锁了,不要走过来!"

"帮个忙,我们的水喝完了,借点水喝行吗?"叶瞳喊道。

"别再往前走,不然我不客气了!"卫兵丝毫不为所动。

我忽然大叫道:

"梁应物!"

梁应物是一个我认识的人。

确切来说,他是我的高中、大学时的同学。

再确切些,他是我认识的人当中我唯一承认是"天才"的人。

高中时,他是我的同桌,得益于他优秀的数学、物理和化学,像我这样对理科超级不敏感的人也可以在平常的测验中轻易地混到八十几分。

高考时,他与我一同考进了名校F大,我学的是新闻,他修的是生物工程。我在新闻学院度过了四年碌碌无为的大学生活,他却成了生命科学学院的一个神话——他不但所有的本系科目都可以轻松解决,连课余选修的大量化学系与地球物理系的科目也全部都是优秀。在他毕业出国之后,我就再也没有他的消息,这个人就像是人间蒸发了一样。

我再次遇见他,是在四年之后的一个极不寻常的事件中。那次意外相逢几乎完全改变了我的生活,我除了得知他在三年半的时间内拿到了哈佛生命科学博士与斯坦福核子物理硕士之外——那还不是令我最惊奇的,更重要的是得知了"X机构"的存在,自此,我就再也脱不了与这个神秘机构千丝万缕的瓜葛了。

老实说,梁应物这个人,除了脑子超级好用之外,是个没什么幽默感的家伙。

此时此刻,在这个蕴含了无数秘密的大戈壁上遇见他,并不是一件十分令人惊奇的事。

"梁应物!"我大声叫道。

他朝我望了一眼,脸上挂了个微笑——显然是认出我了——走过来对卫兵说:

"让他们进来。"

第五章 / "母体"

"是！"卫兵恭敬地答道，看来他在这里还是重要人物。

"你还活着啊？混得不错啊！"我一边走一边寒暄道。

"我吗？呵呵，还是老样子。"他轻描淡写道。

"你来这儿干吗？看这工程不小啊，又是铁栅栏又是卫兵的，架势不小啊！"我试图探他的口风。

"你不知道吗？"他停下脚步，回头望着我道。

我耸耸肩，摊开双手。

"跟我来吧。"他又开始微笑。

在一顶堆满尖端电子设备的帐篷中，他招呼我们坐下，并把助手都支了出去，拉上了帐篷入口的拉链。

这一动作令我有些紧张，我调整了一下坐姿，将左腿放到了右腿上。

"我想我们都不必互相隐瞒了，那样毫无益处。你知道我们来干什么，我们也很清楚你们来干什么。"他一点儿都没变，还是那样单刀直入，毫无幽默感。

我做了一个"请"的手势，请他继续说下去。

"我记得我以前对你说过有关我的工作性质的事。"他的语气有些严肃，"我在B大生命科学学院当老师只是个幌子，事实上我为政府工作，隶属于国家安全局第十支局——你大概可以猜到，其实每个大国的国家安全部门都有这样一个分支机构，专门从事超自然现象的研究。我负责的项目是地外生命与文明。"

这时，我注意到叶瞳变得有些不自然，她也调整了一下坐姿。

梁应物丝毫不理会这些，继续自顾自地说：

"第十支局，罗马字母为'X'。"他耸耸肩，"其实我和我的同事

151

们更习惯称它为'X机构'——你大概看过'X档案'吧。"

"有些事你可能还不是很了解，其实我们很早就开始注意你了，那多，如果你能看到我们其中一份档案的话，你一定会惊讶于自己有多重要，在遭遇超自然事件的概率上，你是排名前十的重要人物。你有没有看过一部叫《不死劫》的影片？与之类似，我们相信遭遇超自然事件的概率与个人的特殊体质有关，也就是说，它在偶然性中包含有一定的必然性。当然，那不是我的研究范围。但我想，你永远都没机会看到那份档案的，那是绝密的档案。"——他说话的语气开始像个特工了。

"那你们是通过我才找到这里的了？"我感到先机已经被他抢去，我正试图扳回来。

"正是这样。在这里我向你道歉，我们派人跟踪了你和你的朋友。"

"你这是侵犯人权！"叶瞳言辞犀利，分毫不让。

"我希望你们能理解我们的工作，这关系到国家的安全。"

"废话！"我道。

谈话陷入了僵局，气氛有些剑拔弩张。

"梁博士！"帐篷外有人喊到，我们的谈话被打断了，大家都松了一口气。

"进来！"梁应物回答道。

帐篷的拉链被拉开，走进来一个戴着眼镜的中年人，白大褂上满是尘土。当他看到我与叶瞳时，显然有些意外，犹豫了一下，还是走到梁应物身边，在他耳边耳语了几句。梁应物的脸色变得有些紧张，轻声说："继续实验，密切观察，每两个小时向我报告一次。"

中年人出去后，梁应物先做出了让步：

第五章 / "母体"

"好吧,我再次为此道歉,并保证以后不会再发生类似的事了。事实上,我请你们进来,是希望你们能够协助我们的工作。"

"你们不是已经控制大局了吗?还需要我们帮什么忙?"我道。

"并不是这样,事实上,在某些环节上我们一无所知,而那恰恰是关键的环节,比如说,你们在叶瞳的族里所得到的信息。"

"那你们得先让我们知道你们究竟都知道了些什么!"叶瞳步步紧逼。

梁应物沉吟了一下,道:"或许你们应该再考虑一下,我不希望我们之间再发生什么不愉快的事。"——这听上去像一句威胁,叶瞳马上就闭了嘴,我知道该是我出场的时候了。

"梁应物,我们是老同学,是吗?"

"当然。"

"可是你刚才的话听上去像是在威胁我们!"我盯着他的眼睛道。

"你应该知道我的工作性质,我有权力那样做!"

"如果我们守口如瓶,对谁都没好处,难道你会杀了我们吗?"虽然我心里虚得很,然而在言语上丝毫不退缩。

梁应物愣了一下,忽然笑着说:"我想我们之间发生了一点误会,我们并不是好莱坞惊险片中的那些杀人不眨眼、动辄要灭口的冷血特工,我们都是严谨的科学工作者,在一定程度上来说,我们与你们一样,都是普通人——虽然我们从事的是秘密工作。并且,我向你们保证,我们的研究工作绝非用于战争,这是大国间超自然现象的研究机构之间所达成的协议。事实上,这也不是人类发现的第一艘宇宙飞船了,但它无疑是保存最完好的一艘。"

"你是说,它真的是一艘宇宙飞船?"我问。

"是的,初步的研究结果是这样,驾驶、循环再造生态系统、动力系统、定位指向系统一应俱全,我们认为飞船是依靠核能进行反重力与空间折叠飞行,而且我们相信驾驶这艘飞船的外星人的生理结构与我们极其相似,但以我们现在的技术水平依旧无法读取飞船上计算机所存储的信息。奇怪的是,我们只找到了一丁点儿作为动力源的钚。照理说,飞船的能量是不会这么快耗竭的,以我们的计算,它所携带的能源至少能够再支持一万七千年,但它似乎并没有带足能源,或是能源被人取走了——当然,这种可能性不大。"

说完他又补了一句:"你们应该看到我的诚意了,希望你们能认真考虑我的建议。那多,我们是老同学了,在情在理你都应该帮我这个忙。"

"好吧,前提是你必须让我们参与整个事件的进展,并且告诉我们你们所知道的东西。"我说。

梁应物果断地道:"那恐怕不行,这属于顶级机密,我无权让你们知道任何事,让你们留在营地里已经是最大的让步了。"

"那你也休想从我们这里知道任何事!"叶瞳道。

"那多?"梁应物的目光望定我,我一言不发,只是微笑着耸耸眉毛,表示沉默的对抗。

梁应物沉下了脸色:"那多,你做了这么多年记者,也没变得聪明点吗?在这种情况下,我有权动用非常手段。"

我望着他,就像望着一个完全陌生的人。

在这一刻,他似乎也意识到这种露骨的威胁对于老朋友来说的确是过火了,于是笑容又立即回到了他的脸上:"好吧,看来我们暂时没必要再谈下去了。那多,你和你的朋友可以在这个营地中随意走动,

第五章 / "母体"

随意和任何人交流,但你们不能离开这里,也不能再次进入地下的飞船中——别做任何尝试,那对你们没任何好处,并且可能会带来危险,那是作为朋友的忠告。另外——"他按了桌上通话器的一个钮,立即有两个警卫出现在帐篷中,"你们最好将通信设备和摄影器材都交给他们保管,我保证在你们离开这里之前完璧归赵。"

我失去了数码相机、手机和笔记本电脑,叶瞳也被搜走了手机和一部照相机——他们竟然对一个女孩子动用搜身这种手段,虽然是个女兵干的,但是我仍然感到无礼至极——我从没想到梁应物竟然会因为区区一艘飞船这样对待曾经与他一起出生入死的老友,我忽然感到,他脸上那点可怜的笑容死板得很,就像是装出来的。

之后的三天中,我和叶瞳都提不起什么精神,营地的各个关键部位都有重兵看守,丝毫没有可乘之机——虽然在这大戈壁中我们也被好吃好喝地款待着,然而那一圈铁栅栏仍令我感觉我们就像是两只被囚禁的猴子。

我偶尔在营地中碰见梁应物的时候,连招呼都懒得打,他倒总是显得很有礼貌地同我问好,而从他一脸尴尬的笑容中,我就可以知道他的研究也没什么进展——就在一早,我经过指挥部的帐篷时还听见他气急败坏地对着电话吼叫:"我早说了,那完全行不通……不行,你考虑到后果了吗……我们最好见面再谈一次……"

我预感到他最终还是会来找我和叶瞳的——出乎我意料的是,我没想到竟然会那么快。

就在第三天的夜里,指挥部帐篷中。

梁应物仍是一个人坐在电脑桌旁的椅子上,看上去有些憔悴,他不断地交换着、互握着的左右手的方式,似乎有种不安正折磨着他。

155

我们之间的沉默持续了大约三十秒,梁应物似乎始终在权衡着什么,最终这种沉默还是由我先打破:

"梁应物,你又找我们来干什么?"

他用双手捋了一下脸,笑容又出现在他的脸上,他说:

"我想,首先我应该为三天前我的态度道歉。你知道,那时候我刚遇到一些事儿,心情不太好。"

"嗯。"我点点头表示谅解。

他深呼吸了一口气,那种装扮的笑容就从他脸上隐去,之后他郑重地说出的那些话令我们都意识到了问题似乎并不是我们想象中那么简单。

"那多,我的确需要你们的帮助。"他道,"那绝对不是为了我升官发财、名利双收,你们所掌握的信息不仅对我来说很重要,甚至对全中国,乃至全世界都是至关重要的!"

他顿了顿,道:"相信我,这并非耸人听闻,我们碰到的可是大麻烦!"

第六章

史前文明

Chapter 6

"什么大麻烦？人体实验？"

"我没心情开玩笑，我们所遇到的问题比你想象的要可怕得多。如果我告诉你，那将导致全中国的每一片国土都变成和这里一样的戈壁滩，你信不信？"

"你胡扯！"叶瞳道。

"我信！"我盯着他的眼睛——我曾与他一同经历过许多不可思议的奇异事件的梁应物，我所认识的那个认真的却缺乏幽默感的梁应物，那个作为科学家而不是作为官僚或是特工的梁应物，现在又回来了，"我需要知道到底是怎么回事，如果事情真如你所说的，我会尽我所能帮助你的。"

"谢谢，那多。"梁应物终于笑得比原先好看了些，"在我的权力范围内，我会尽量满足你们的好奇心的。"

我们就此达成了协议。

他看上去像是松了一口气。

首先是由梁应物向我们解释这一事件的前前后后。

事情是由一个荒谬得有点可笑、任何一个有点理智的人都不会相信的事情开始的。

那就是在德令哈民间盛传的"妖山",白公山。

这事越传越邪,最后就成了"白公山是外星人的遗址"。

而德令哈有关部门或许是为开发旅游资源、发展经济考虑,在草草勘察了一下后就在白公山前立了一块碑——"德令哈市外星人遗址"。

这显然是一个哗众取宠的行为,但中央还是给予了充分的重视,专门派了研究小组来进行取样研究,原本这一举措的用意是在辟除谣言,安定民心。

但事情并不像他们想象的那么简单。

金属样品中含有相当强的放射性物质,其中氧化铁占 30% 以上,二氧化硅和氧化钙含量较大,这与砂岩、沙子与铁长期锈蚀融合有关,说明管道的年代相当久远。此外,样品中还有 8% 的元素无法化验出其成分。

这是中国第二大有色金属冶炼集团——西部矿业下属的锡铁山冶炼厂实验室的化验报告。

"尔后如你所知,事情立即被转到了我们'X 机构'的名下,我们也通过有关部门把'辟谣'的消息传达给各大媒体与研究机构,先用舆论把事情压下去。由此,这一事件的研究转入地下状态。"梁应物道。

"然后你们就封山了吗?"我问。

"不,并不是这样的。"梁应物解释道,"事实上,为了保证'X 机构'的秘密性,我们通常都不会采用封锁或类似的激烈方式,以免与

第六章 / 史前文明

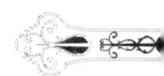

公众接触。是后来的一个发现导致了事件升级，迫使我们不得不这样做。"

"事情是这样的，那些样品被转到我们位于中科院的实验室继续进行研究，然而大约半个月的光景，实验室中的重要设备都受到了不同程度的损坏，精度大大降低或干脆就报废了。为了此事，我们负责设备保存的小伙子差点因为渎职罪被送上法庭。"

"在研究了二十四小时监控的录像带之后，我们确信这件事不可能是人为的，所以目标自然而然地转到新近送来的研究样品上。我们对所有三个月之内送来的样品进行了全面的实验测试，其中包括青海送来的铁管切片样品。测试的结果相当惊人！"

"如同某些植物会富集周围环境中的元素一样，那些铁管切片竟然会通过媒介富集周围的金属及金属盐，令其体积不断增长，造成周围设备的损毁。"

梁应物喝了一口水，继续说道："为此我们还特意询问了锡铁山冶炼厂实验室，得到的回答是他们那边的设备也受到了不同程度的损毁。"

"鉴于它会对周边环境产生破坏性的影响，我们决定将事件升为A3级，并请求部队协助封锁白公山进行实地研究。"

"并不像你先前所说的那么严重啊。"我道。

"你不明白，经过我们的测定，它的富集能力强得惊人，仅仅是一个分支，就能在一天之内富集周边一平方米范围内 90% 以上的金属及金属盐。也就是说，在其周围，任何生物都无法存活，并且环境会受到严重破坏，土壤将迅速沙化。"

"那你们的研究结果如何呢？"叶瞳问。

159

"非常奇怪！"梁应物锁紧了眉头，"白公山中的'母体'与脱离'母体'的样本都被证实具有同样的富集环境中金属及金属盐的功能，但其受环境因素的影响大不相同。"

"经过实验，我们确定放射性与低温皆可抑制甚至破坏它们的富集功能，然而脱离了'母体'的样本，受到放射性照射时富集能力仅下降了30%左右，而在-15℃~-20℃的环境中，其富集能力瞬间下降90%以上，在-25℃左右其富集能力即被破坏，不能再恢复。说明其受放射性照射的影响相对不明显。"

"而'母体'的能力就要强得多，在低温至-30℃时其富集能力仍维持在20%左右的水平。令我们吃惊的是，它受放射性照射的影响非常明显，在受到强放射线照射时，它的富集能力仅是平均水平的2%~3%，但在任何情况下，它的富集能力都不会被破坏，仅仅是被抑制。"

"那么关于克鲁克湖畔新石器时代的村落遗址你们掌握了什么情况没有？"我问。

"是的，就在一个星期前，我们接到了新的任务，是有关离此不远的克鲁克湖的古村落遗址的奇怪发现，也就是你去采访过的那个地方。那块刻着奇异壁刻的石板——想必你已经见过了——经过C-14同位素测定与表面腐蚀程度，断定它的镌刻年代与新石器时代相符，而有关专家对我说，即使在春秋时期，如此精湛的几何工艺也是难以实现的，更不必说在新石器时代对坚硬的花岗岩做如此的加工，那显然又是地外文明的杰作。"

"由于克鲁克湖与白公山离得如此之近，我们很自然地推断两者具有某种不为人知的联系，然而到底是什么联系，我们始终摸不着头脑，直到跟踪你们，进而发现这个保存完好的外星人飞船为止。"

梁应物的叙述到此告一段落，他带着急切的眼神盯着我们，说：

"我已经把我们所掌握的一切都告诉你们了，该你们告诉我一些我不知道的事了，快点，我们的时间不多。"

"我们所做的事完全是出于自己的好奇心，我们行事也远没有你们那么科学，说起来，或许更近似于一种迷信活动。"叶瞳接过话来，她开始向梁应物详细地描述我们来到德令哈的原因以及所经历的一切，祭祀、"降魔勇士"的产生、族人的传说、五张羊皮、寻找"圣室"以及死里逃生的过程。

而我有些心不在焉，得知了有关白公山的情况后，整个事件的脉络渐渐在我脑中相连接，我正努力地将其梳理成形。

"很显然，你的族人所谓的'恶魔'正是白公山中具有富集金属能力的那个'母体'。其实我和我的同事都很清楚这个'母体'所带来的危害。令这片土地荒漠化，令你的祖先流离失所，以及托素湖咸水化，恐怕都和它有关。然而以我们现在的技术水平，根本无法破坏其富集能力。"说到这里，梁应物有些沮丧，"我们的研究成本高得惊人，每过半个月就要用一批新设备换下已经报废的设备，然而又不能听之任之，如果'母体'的分离体一旦传播出去，对环境所造成的影响将难以估计，甚至我们连摆脱它，将它发射至太空中也办不到。我的时间已经很紧迫了，所以才向你们寻求帮助。如果在月底我还不能拿出对策，中央将停止向这一研究项目划拨资金。现在，是否能够破坏它的富集能力，甚至进一步控制并利用其富集能力，这艘飞船是唯一的希望！"

"然而这些外星人的举动有些奇怪，"梁应物接着道，"由你们族人

的传说来看,这些人像是对地球文明进行观察的科学工作者,然而他们违背了作为观察者应恪守的道德准则。"

"通常,当较高级的群落观察较低等的群落时,是禁止干涉低等群落的生存环境的,而技术进步方面的推动与指引更是大忌,这不单是地球规则,甚至已是星际通用规则。美国、俄罗斯等国所接触到的地外文明莫不如此。然而,我们且不论他们留下的技术痕迹——铁器、花岗岩壁刻,甚至是飞船本身,单就'神谕'这一点来看,他们就像儿戏一样玩弄我们于股掌之中……"

"你错了!"我打断了梁应物的话。

"我一直都很佩服你,在你面前我总有种挫败感,从小到大都是。但你知道你最缺少的是什么吗?"我有些得意地说。

"什么?"

"想象力。"

"你说我缺乏想象力吗?"

"你为何一口咬定这一切都是外星人的杰作呢?"

"你是说……"

"如果他们根本就不是外星人呢?"

我拿过桌上的羊皮,抽出第二张,在桌上铺平。

"我们,"我对梁应物说,"我是指我和叶瞳,始终都不明白这张羊皮上究竟画了什么,在'神谕'中究竟起什么提示作用。然而现在,"我的语气愈加得意,"我终于可以向你们解释了。"

叶瞳与梁应物都饶有兴致地凑过来。

"假设解开这个谜的关键就在于你的假设,你若一开始就假设他们是外星人,那这个谜一辈子都解不开,然而一旦采用我假设的前提,

第六章 / 史前文明

'他们根本不是外星人',那一切就迎刃而解!"

"怎么说?"梁应物道。

"我想你们都应该听说过'史前文明'这一命题吧?现在它的存在终于得到了证实。"

我指着左上角的那幅图道:"在这幅图中,画着一颗陨石撞击地球,我猜想正是这颗陨石带来了最初的'母体'。而在第二幅图中,"我将手指移到了位于右上角的图上,"在这里画了'母体'与它的分支遍布全球,可能是史前人类听之任之或者超出界限地利用它们来采集金属元素所造成的。我们可以想象当时的情况,全球环境迅速恶化,物种灭绝,土地荒漠化,局面已经失去控制,于是就有了第三幅图。"我指着下面的一幅图继续说,"在做出最大努力之后,史前人类发现他们根本无法根除这些'恶种',挽回他们的地球,于是他们最终忍痛决定,"我拿开我的食指,将它竖在空中,"放弃地球!这张图画的正是他们乘坐飞船大批逃离的情景!"

"很有趣,接着怎么样呢?"梁应物问。

"接着,很凑巧的,地球开始了周期性的冰川期,正如你们的研究结果所表明的,全球长时间低温致使所有离开'母体'的分支的富集能力被大面积破坏,而'母体'也遭受重创,我相信那是'第四纪冰川期'。在冰川消融的数万乃至数十万年的时间内,地球和'母体'都在缓缓地恢复元气,在第四纪晚期,新人类产生。

"距今八千多年前,也就是在新石器时代,"我煞有介事地滔滔不绝,"史前人类回到了他们的故乡——地球,他们惊喜地发现大部分分支都已经消失了,只剩下'母体'依然很顽强,而他们也发现地球上已经有了新的文明的萌芽,想必他们在新的星球上生活得很愉快,

163

也无意再回来做地球的主人，但出于对故乡的情结以及对后辈的帮助的动机，他们以'神谕'的方式教会当时的人类对抗'母体'对环境的破坏。你们可以看羊皮卷第一张措辞的语调，'神'俨然以长辈的口吻自居。"

"精彩！"梁应物赞叹道，"那么，'神'究竟教人类如何对抗'母体'对环境的破坏呢？"

我愣了一下，道："不知道！"

第七章

撤离

Chapter 7

"你在浪费时间！"叶瞳道，"你的推论对解决问题一点儿帮助也没有！"

"至少我们心中的疑惑消除了。"我反驳。

"有帮助，至少我们知道一定有办法对抗'母体'。我们必须尽快找出'神谕'所暗示的方法！"梁应物对我投来赞许的目光。

"梁博士！"刚才那个中年人急匆匆地冲进帐篷，见我和叶瞳还在，再次犹豫了一下。

梁应物说："他们都是自己人，有什么事你说吧。"

"梁博士，在飞船里有新发现，你最好过来看看。"

找与叶瞳跟着梁应物，搭乘一台升降机进入地下洞穴，第二次造访飞船。

岩洞中灯火通明，大功率的白炽灯照亮了每一个角落，显得有些耀眼，到处都是忙碌着的研究人员与全副武装四处巡逻的士兵，飞船也不再因为耗尽了能源而显得死气沉沉。

我们从飞船正面由叶瞳开启的入口进入飞船，内部仓室的透明隔板已经全被卸掉，成为一个大仓室，到处都是研究人员与设备，一时

间也分不清哪些设备是属于飞船的,哪些设备是研究人员带入的,显得有些凌乱。

在原先右侧数起第二个仓室的位置,一个年轻的女孩子招呼我们过去。

"有什么发现?"梁应物问。

"大批的外星和地球的动植物标本,这里大概是标本室。"女孩回答道。

"哦,有什么特别的吗?"

"我们在很醒目的位置发现了这个,我想不太可能是放错了,这个位置放盒子刚刚好。"女孩子手上拿着个盒状物,上半部分是透明的,下半部分由一种毫无光泽的黑色材料制成。

"神盒,那是神盒!"我大叫起来,那与我在奶奶的地下室所见到的"神盒"一模一样,唯一的不同就是,这个盒子中的液体泛满了暗红色的絮状物。

梁应物接过盒子,翻来覆去打量了一下,对叶瞳道:

"如果这种标本盒就是你们的'神盒'的话,我想我知道你们的族人是以什么来判别'母体'不受控制的周期了。"

"可惜我们还是没有找出对抗'母体'的方法。"叶瞳道。

"梁博士,你知道在这里发现分支标本意味着什么吗?"那女孩子显得有些激动。

"我知道。"梁应物用一如既往的冷静语调说,"不过我们恐怕还需要去实地探访一下才能下结论!"

梁应物的手机铃声忽然响起,他拿起手机只听了两句,脸色忽然发青,大声对着听筒喊道:"听着,你听我说,贺总,你听我说,所有人员马上撤出白公山地区，请求军队支援，把所有的铁栅栏换成木栅栏，每人配一件防辐射服，三人为一组，二十四小时封锁白公山周围一公里范围，不允许任何人接近，我再重复一遍，不允许任何人接近，放射线照射强度增强三倍……对，三倍，如果还是不行就增强到五倍……我没疯……我求你了，日后再给你解释，你照我的话去做，一切后果我担着……"

"他妈的！"他骂了句粗话，显然是对方并没有接受他的建议，把电话挂断了。

在这之前他的表现一直很冷静，而此时，他已经完全失掉了他的绅士风度，变得有些气急败坏。

指挥部的帐篷里。

梁应物不断抓着自己的头发，看着计算机屏幕上的模拟图。此时，他由一个精力充沛、处事冷静的指挥者变成了一个头发蓬乱、带点神经质的科学家。这种突如其来的变化令我不敢问他究竟发生了什么事。

最终，他用一种有些绝望的眼神看着我，道：

"我最担心的事终于发生了！"

"发生什么事了？"叶瞳紧张地问道。

"'母体'失去控制，它开始疯长！"梁应物的语气又变得很平淡，与先前他踌躇满志的平淡语调所不同的是，这是一种无可奈何的平淡，"在一小时之内，它富集金属与金属盐的速度增长了近七十倍，它的分支也同样如此，情况很严重。"

他再次猛抓了一下头发，然后指着电脑屏幕道："预计用不了两天时间，托素湖里就会充满氧化铁和氢氧化铁的沉淀物，三天之内，会

波及克鲁克湖,造成湖中的生物大量死亡,恐怕附近的重要水源巴音河也会遭殃。'母体'的富集能力的爆发太可怕了,富集速度现在仍在增长……一星期之内,就会对最近的农场造成影响,最坏的情况,如果它的分支散播出去,只需要一年,戈壁滩的面积就会扩大一倍!"

随后他又加了一句:"我不是耸人听闻,这还是就现有情况做出的保守估计。"

"'鬼树猖肆而托素泛血,沃土败蚀而素民垂泪。'难道历史又要重演?"叶瞳一时乱了方寸。

"'入我圣室,取我圣石,托素以南,投于妖山,石之所存,魔之不生。'圣石,我们必须拿到'圣石'!"我拿起最后一张羊皮,强调,"照着羊皮卷上的指示,我们必须进入白公山,把'圣石'投入正确的位置,才能制止'母体'的生长!"

"那你告诉我,什么是'圣石'?我的人已经搜遍了整艘飞船,并没有发现什么'圣石'的踪迹!"梁应物道。

"那我们来分析一下,那不正是你所擅长的吗?'母体'只怕两样东西——低温和辐射,'圣石'肯定不是冰,冰不能造成持续的低温,任何石头一样的东西都不能造成持续的低温,那只有辐射……"

"那不可能!"他打断我的话,"暴露在这样的辐射当量中,20分钟就会致命……"忽然,他呆住了,许久,才从口中艰难地吐出一个字:

"钚!"

"是的!"我心中泛起沉痛的波澜,我想此时的梁应物,想必和我有着同样的感受。

"汝乃勇士，当持吾图而取圣石，投入妖山以治鬼树。汝履之乃天责也，汝必大义，投毕圣石即远遁他乡，终生不见族人，若不其然，大难临于族中，汝之罪也。"

——八千多年以来，从来没有一位"降魔勇士"能够活着回到族里。

梁应物长吁了一口气，望着仍有些不知所措的叶瞳，道："我想，我不得不向你的族人表示万分的敬意了，他们是真正的英雄。"

"原来所谓的'圣石'，就是钚。你们两个真是死里逃生！"梁应物道。

"主仓室中央的那个柱台，就是存放钚的器皿吧？"我道。

"据我们初步的研究结果，它是一个与飞船的反应堆相连的装置，每当仓门被开启时，它就从反应堆中切割一块钚传送到柱台中，而你们进去的时候，它恰好取走了最后一块钚，从而导致飞船能源耗尽，不再照明，不再供氧，机械控制系统也不再起作用。但是这也恰好救了你们的命。"

"也差点要了我们的命。"

"而八千年来的那些'勇士'，他们就这样将身体暴露于强辐射中，虽然可能仅仅是短短的十几、二十分钟，但他们将因辐射病而痛苦地死去。'神谕'中所禁止的'投毕圣石即远遁他乡，终生不见族人，若不其然，大难临于族中，汝之罪也'，想必是为了避免族人见到他的惨状，以至没有人再敢冒着生命危险去投这'圣石'。要古人对抗'母体'，除了利用他们的信仰，我想再也没有更好的办法了。

"真是富有戏剧性，从新石器时代直到现在，竟然就是这样一个被文明所遗忘、为科学所欺骗的民族不离不弃地担负着保卫人类生存环境的使命！"梁应物感叹道，"真是造化弄人！"

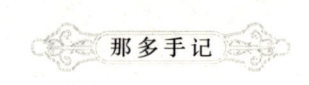

"那现在我们该怎么办？"叶瞳如梦方醒地问。

"我想只有进入白公山内部才能找到解决问题的方法。"我道。

"你以为我不知道吗？问题是怎么进去呢？"梁应物有些急躁。

"你不是这里的负责人吗？你带我们进去啊。"叶瞳道。

梁应物苦笑了一下，道："事实上，我只是负责人之一。若不是与主流意见不同，我也不会离开白公山基地，到这里来主持飞船的发掘研究工作。"

"主流意见？什么是主流意见？"我问。

"主流意见就是……"梁应物犹豫了一下，还是向我们透露了，"就是白公山现象宜研究利用。"

"可是现在的情况已经失去控制了啊，难道那些顶尖的科学家他们都不明白吗？"

"其实现在的情况任何人都明白，只是应对措施不同，研究利用是上面的命令，我们要行动一定要请示上级才行。"

"那你现在是想要请示上级呢，还是我们一起先去白公山看一看？"我道。

梁应物抬手做了一个"等等"的手势，然后打了个电话，而那个电话促成了他的决定。

"他们并没有采纳我的意见加大辐射量，不过，他们的确已经将铁栅栏全都换成了木栅栏，并且除了必要的观察人员和设备外，全体都在向这里转移。"

"那我们……"

梁应物拿起那张绘制着迷宫般的地图的最后一张羊皮，说：

第七章 / 撤离

"我们正好趁此机会,去'母体'的中心看一看。"

白公山。

撤离的过程令形势有些混乱,梁应物绕了个道,遇到了两名岗哨,梁应物亮出了身份,撒个小谎说要去白公山洞中取遗忘的设备,我们就轻易通过了盘查。

强辐射照射已经停止,但山中仍残留着相当强的辐射。我与梁应物、叶瞳都穿上了笨重的防辐射服,沉重的呼吸声在我的头盔中反复回荡,令我既紧张又有些头昏脑涨。

而梁应物因为时常穿着防辐射服工作的缘故,手脚比我们灵活很多,于是那台小型钻探机就由他拿着。

在白公山山脚下仰望,可以明显地发现山中长出来的"铁管",比我一个多星期前见到只是隐隐约约地锈迹斑斑的时候醒目了很多,而通往山中的岩洞的入口,已经完全沙化了,呈白色,看上去好像随时都有可能塌下来。

梁应物毫不犹豫地走了进去,我与叶瞳打开防辐射服的顶灯紧随其后。

岩洞中,灯光所及的地方,铁锈的痕迹在白色的岩壁上仿佛留下一道道伤痕,洞中的岔路分支之多远远超出我们的想象,就像是一棵长于山中长势繁茂的树忽然被生生抽去所遗留下的痕迹一样,时常也可以见到已与"母体"断开陷于岩层中的铁管,可以想象二百五十万年前"母体"在这里疯狂生长的情形。

梁应物走得很慢,不时要停下来借着头盔顶灯昏黄的光仔细对照

手中的羊皮卷，以确定自己穿过的每一个缝隙、转过的每一个弯都是正确的。

越往洞的深处走，通道就变得越狭小，直到转过了第十三个弯之后，道路仅能容一人通过，有时我们不得不侧过身来行走。梁应物手中的小型钻探机不时地与岩壁撞击，沙质的岩壁被它撞得簌簌而落，回声在这逼仄的空间中来回震荡，虽然传入防辐射服的声音已经不是很响，但这种沉闷的声音仍是令人很不舒服。

梁应物一边艰难地前进，一边提醒我们小心自己的防辐射服，千万不要被岩壁剐破，这里的放射性强度早已超出致命剂量数十倍，并仍在不断增强。

我们正在接近"母体"的中心。

梁应物忽然不再前进。

由于通道相当狭窄，我和叶瞳都无法看清他究竟遇到了什么。

他忽然长吁了一口气，回头道："到了。"

到了？

我和叶瞳四下张望，然而目力所及，除了灰白的岩壁，什么都没有，甚至原先可以见到的那些铁管分支都已经不知所终。

梁应物忽然打开了钻探机，巨响瞬间充斥了整个通道。我和叶瞳透过彼此的面罩都可以看见对方被这突如其来的巨响惊得面容扭曲的脸，我们忽然发现，我们根本不能用手来捂住耳朵。

梁应物就像个熟练的钻探手，岩壁像饼干一般被切开、捣碎。当地上的沙砾碎石几乎要盖住我的脚踝时，钻探机发出一声喘息停了下来，通道的尽头已经被钻出了一个足以容纳三人的空间。

第七章 / 撤离

我和叶瞳都被梁应物这种简单粗暴的方式激怒了,我们费力地从乱石堆中抽出双脚,正准备对梁应物兴师问罪,他却先发制人:"我们不要再浪费时间了,这里的辐射相当强,我们的时间不多了,你们过来看。"

三道光聚集的地方,是一个直径约十厘米的小洞。

梁应物举起羊皮卷,将它贴在墙上展平,指着地图上迷宫的尽头道:

"按照羊皮卷上的指示,这里就是叶瞳的族人千百年来向'母体'投放放射性元素的地方。"

"你是说,这个小洞就通向'母体'的核心?"叶瞳显得有些难以置信。

"如果地方没错,我们该怎么进去?"我道。

梁应物笑着拎起那台小型钻探机,道:"用最直接的方式!"

那个小洞呈大约5°角向斜下方延伸,并渐渐变大。钻探进行得很顺利,一路上没有遇到任何坚硬的岩石的阻碍,我们稳步前进,在推进了十几米之后,我们终于钻通了一个可容一人通过的通道。

通道的那一头似乎是一个巨大的空洞,回声进入这个空洞渐渐变得渺茫,以我们头盔顶灯的光线强度无法判断洞有多深,洞底有什么。空间上的反差与黑暗同时逼迫着我们,让我们深感不安。

梁应物深吸了一口气,调整了一下呼吸,从腰间解下一根尼龙绳,将一端扣在我的腰间,然后隔着橡胶手套握了一下我的手,道:"我先下去,你们留在这里,等我的信号。我连拉三下绳子,就表示下面安全,你们也一起下来;如果连拉两下,就是要你们把我拉上去;如果

只拉一下……"他顿了顿,我可以看出他仍非常紧张,"那就是要你们不要管我,以最快的速度离开这里!"

我郑重地点了点头,拥抱了他一下,做了个祝他好运的手势。

绳索在我和叶瞳的手里滑动,我们眼见着他的身影渐渐消失在黑暗中,只剩下头顶上暗淡的灯光来回晃动。

第八章

坏种子

Chapter 8

一分钟的等待几乎比往常的一小时更漫长。

直到这时我才感到防辐射服中的闷热，汗水顺着额头流到我的眼角，呼吸渐渐粗重。

手中的绳子忽然被连拉了三下。

利用那台小型多功能钻探机，我用八颗铆钉将绳索牢牢地固定在岩壁上，然后与叶瞳一先一后向洞中下降。

其实洞并不是很高，约有七八米的样子，洞底是松软的沙地，即使跳下来也不会受什么伤。

一到达地面，我与叶瞳头顶的光束就四下晃动，最终二道光束都定格在洞中央的那个物体上。

那个物体并不是非常大，仅有一人高，呈雪茄状，然而它的四周有上百根或粗或细的铁管呈放射状分布，直插洞壁中。铁管在接近那物体的一段忽然分散成许多细铁丝，像茧一般将那个物体团团包住。在铁丝的缝隙中，可以看到呈雪茄状的物体没有一丝锈迹，在黄色的灯光照耀下反射出暗银色的光泽。

"这就是'母体'的'核'。"

我站在离"核"两米远的地方，感到一种从未有过的压迫感，就好像我的使命是去杀死一个永远不死的人。"核"的影响力是如此之强，而我的存在，在它面前几乎是微不足道的，我甚至克制不住自己，对面前的这个"恶魔"生出一种崇拜之情——那是一种原始的、对强大力量的崇拜。

叶瞳竟然禁不住伸出手，要去抚摸这个"核"。

"别去碰它！"梁应物忽然厉声道，我与叶瞳猛然惊醒。

"如果你不想有什么意外发生，最好别去碰它！"他严峻地道。

"那多，还记得我们是在飞船的什么地方发现你所谓的'神盒'的吗？"他忽然问我。

对于这一突如其来的问题，我皱皱眉，思索了几秒，终于还是摇了摇头。

"在生物样本室！"梁应物的语调变得有些激动。

"你是说……"他当然看不到我在头盔后瞪大的眼睛，我的心中此时也生起了一个不可思议的念头。

"什么'外星人遗址'，全都是瞎掰，这是个生物，你明白吗？它是活的！"

我和叶瞳都转过身来望着他，虽然我们都看不见对方的表情，但都可以猜到我们头盔下瞠目结舌的表情。

"不出我所料，离开了'母体'的分支果然仍是保留了与'母体'相同的活跃周期，叶瞳的族人正是利用这一点来判定什么时候该进行祭祀，什么时候去投放钚——这真是个伟大的发现！"梁应物几乎忘了我们仍身处危险之中，而陶醉在他的发现中，"你知道吗？三百万年

第八章 / 坏种子

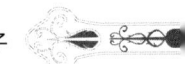

前,或许更早的时候,陨石坠落于此——宇宙给地球带了一颗'坏种子'!"

"咳!我们现在该怎么办?"叶瞳大声地问,回声响彻洞穴。

梁应物立即收起了他的陶醉,清醒了过来,低下头,只见沙地上散落着十几个约三厘米见方的立方体,他思索了片刻,随后从腰间的备用袋中拿出一个铅盒,开始将这些立方体一一放入盒中。

这些,想必就是八千多年来用来抑制"母体"生长的钚了。

每一块钚都承载着叶瞳的一个族人的年轻生命,他们每一个人都可能有一个值得憧憬的未来,然而在"母体"作祟的时候,他们选择了将生命献给"神"。

八千年,对于"母体"这样的生命来说可能微不足道。

不知我们的祖先,那些远在浩渺太空的"神"是否知道德米尔希族在这对他们来说极其漫长的八千年中付出了怎样的代价。

梁应物将所有的立方体收集完毕,立即对我们说:

"快点离开这里!"

"你收集这些已经衰变的钚干什么?"叶瞳问道。

"它们已经没用了,我们回去后我会尽快安排对'核'进行放射性照射。"

在克鲁克湖与托素湖的中间地带的指挥部帐篷中。

经过严格的消毒后,我们终于可以卸下笨重的防辐射服呼吸一下新鲜空气,疲倦迅速席卷了全身。我和叶瞳都以一种不太雅观的姿势倒在椅子上,这次探险令我们筋疲力尽。

在一个简短的会议之后,那个被称为"贺总"的老头子终于同意,

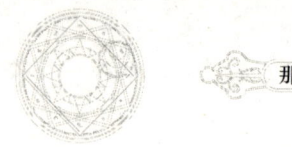

让梁应物回到白公山的领导团队中来——看来,我们这次的孤身冒险起到了决定性的作用。

在一夜的疲累之后,梁应物仍是显得意气风发的样子,通过电话有条不紊地发出指令,看来他对于控制时局已胸有成竹。

时钟指向凌晨四点二十分。

然而,我和叶瞳谁也不愿再走出帐篷去看那向往已久的大戈壁上的日出景象。

我们几乎干了个通宵,所幸这一个通宵的努力挣回了票钱。

"加派一倍人手,严密封锁白公山地区,我要一只老鼠都无法跑进去。进入白公山的岩洞中,对'母体'的核心加以原先水平三倍量的放射线照射,密切注意'母体'的生长速度,随时反馈数据……"梁应物的语调依然沉稳有力,整个封锁区的人员都在忙碌着,他们仿佛和"母体"一样,都可以忘记时间的存在。这种工作精神令我由衷地敬佩。

"你还没跟我说,你要那些钚干吗?"叶瞳半眯着眼睛,有气无力地道。

"我们要用它们恢复飞船的能源。"梁应物显得有些兴奋。

"那些钚不是都已经衰变完了吗?还有用吗?"我道。

"那多,我的老同学,你从高中起物理、化学就都一塌糊涂,看来现在还是没一点儿长进啊!那些都是高纯度的钚-239,半衰期为24360年,也就是说要过24360年,它们才会衰变掉全部质量的一半,何况是区区的八千年?以它们现在的质量,在飞船的聚变炉中反应,所能产生的能量相当于数十万甚至上百万个切尔诺贝利核电站能产生的能量!"

我隐隐觉得事情有些不对劲儿：

"那你干吗把他们带回来？"

"我们此行的目的不正是为了回收那些钚吗？"

我忽然有一种被耍弄了的感觉。

电话铃声响起，梁应物按下免提键，电话那头："'母体'的生长仍在继续，速度减缓34%，是否要加大辐射量？"

"以现有的10%的速率增加辐射量，继续密切观察。"梁应物挂上电话。

"我以为，我们此行的目的是找出杀死'母体'的方法！"我一字一句地道。

帐篷中的空气开始带了点火药味，我睡意全无。

"原先是这样的——直到我见到'母体'的'核'之前。"梁应物笑着走到我面前，做了一个"先别吵"的手势，"但别激动，那多，有些事你还不了解，我有必要向你解释一下。"

"你说！"我盯着他的双眼道。

"我们都以为放射性是抑制'母体'生长的关键，实验室中的结果也是如此，然而我们刚知道的一件事，也是极其关键的一点，那就是它是一个生物——由此可以得出与之前我们完全不同的推断。你知道，生物相对于环境改变所做出的反应，我们称之为'应激性'——是区别生物体与非生物体的重要依据。也就是说，事实上放射性元素的投放使'母体'不断地对放射性的改变产生应激性，其具体表现为它对于放射性的耐受性不断增强——当它一旦适应了现有的放射性，开始活跃的时候，就必须再一次投放放射性元素，增强放射性，如此

长年累月地继续下去。史前文明教会人类的只是一种治标不治本的方法，据我推断，其目的是能使'母体'在人类文明发展到能控制它之前不至于造成不可挽回的破坏，最终问题还是要我们自己解决。你以为史前文明的使者真的会将击败'母体'的希望完全寄托在一个愚昧未开化的民族上吗？"

叶瞳霍地站起来说道："不许你污蔑我的族人！"

"对不起，叶小姐，我没有那个意思。事实上，我对你的族人在如此漫长的岁月中，所做出的无私贡献感到万分钦佩，没有他们，也就轮不到我们来解决这个问题。"

"其实你早就知道这一切。"我冷冷地道。

"是的，在我们得知你们的羊皮卷的内容以及发现飞船上的'坏种子'样本后，我已经隐约有了这个推断，直到我亲眼见到'核'，进一步证实了我的推断。"

"你一直都在利用我们！"

"不，我并没有欺骗你们，也没有利用你们，我的确对'母体'对于环境的破坏能力怀有忧虑。"他严肃地道。

"那你之前那些话是什么意思？"我怒气冲冲地质问他。

"事实上，对于'母体'核心的探索令我彻底改变了主意，我认为我们完全有能力控制它的生长，为我们服务。"

我盯着他的眼睛，仿佛完全不认识这个人："就在一天前，你还对我解释这样做有多危险！"

"是的，但现在的情况是，我们知道了'坏种子'究竟是什么东西，如何生长，危险性就降低了很多，我认为这个险值得冒！"他在说"坏种子"这个词的时候，就像是在说"金种子"那般亲切。

"你向所谓的'主流意见'妥协,你已经变得和那些人一样了……"我指着他的鼻子,摇头道。

"那多,我们是老朋友了,我们都彼此了解,希望你能理解我的苦衷并原谅我。我知道你是个坚定的绿色主义者,我不得不这样做。"他的语气却一点儿都没有请求原谅的意思。

"那你现在准备怎么解决这个问题?"

"最根本的解决问题的方法,就是令'母体'与金属及金属盐隔绝,把它控制起来。"

"你能够做到这一点吗?"

"以现在的技术力量,不能,但至少理论上是可行的。"

"其实你根本做不到!今天不行,明天不行,再过十年也不行!除非你能完全放弃金属设备,不然所谓的'隔绝'就是痴人说梦!你在拿地球开玩笑!我告诉你,最根本的解决问题的方法只有一个,就是杀死它,让它从这个地球上彻底消灭!"我点着梁应物的鼻子吼道。

显然他被激怒了,语调也开始激烈起来:

"你什么都不懂!你是什么?你只是个记者!我才是生物学和核子物理的专家,用不着你来教我怎么做!我也告诉你,我们根本无法杀死它,那是不可能的!"

"你真是个缺乏想象力又不负责任的家伙!"

"你说我缺乏想象力?那你告诉我怎么杀死它!你来想个办法,大幻想家!"

"这里是不是荒漠?"我问道。

"你疯了!"梁应物立即猜到了我要干什么——职业性的敏感。

"我们有很多钚,还有你这个斯坦福核子物理学的博士!"

"你疯了,那多!你完全疯了!"梁应物摇着头,他看我的眼神就像看着一个完全不认识的人,"你想让我们都完蛋?"

"你们别吵了!"叶瞳忽然尖声喊道。

我们立即停止了争吵。

梁应物闭上眼睛,长吸了一口气,又将它缓缓吐了出来。

"那多,我们都太激动了,我们应该冷静一下。"

"是的,我也这么想。"

"我们都坐下,好吗?"梁应物转到桌子后,坐在了他的电脑椅上。

我也重重地坐在了我的椅子上。

"让我们平心静气地好好谈谈,看谁能说服谁。"梁应物建议。

我摆出了一个尽量友好的微笑,做了一个"请"的手势。

"在'母体'最不受控制的时候,我们已经请示过上级,上面的命令一直都没有变过,我得到的指令是'控制,并研究利用这种现象'。"他交叉着双手道。

"但是你明知道那有多危险!"

"那多,你不是以想象力著称吗?我们三个负责人,带着上百名顶尖的科学家,每半个月就要换一批天价的设备,仅仅就是为了杀死它吗?如果没有任何应用价值,国家凭什么拨出上亿的资金,让我到这荒山野地来搞研究?"

"能够杀死'母体',就已经是最大的价值了。"

"作为一个科学工作者,我必须对我的工作负责,我要保证我与我所带领的团队做出的每一项努力都有相应的回报;作为一个中国人,

第八章 / 坏种子

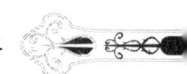

我还必须对我的国家负责！"他激昂起来了。

"我也是中国人，我也爱我的国家，但在这一件事上，我想我必须对全人类负责！"

"狗屁！"梁应物再次激动起来，"那多，你根本不明白这项研究的意义。你知道低温提纯金属的技术对这个世界的影响有多大吗？一旦掌握了这项技术，我国的国力至少会比现在提升一个档次，要是它在世界范围内普及，那将引发第四次工业革命！"

"我只知道这种影响将可能以整个地球的生态破坏为代价！"

"我至少有七成把握能够控制'母体'。"

"呵呵，你忘了史前人类是为什么逃离了地球的吗？以他们如此先进的技术，尚且不能做到这一点，你的七成把握又是从何而来？"

"那你告诉我你的建议有何可取之处？在白公山中引爆核弹，不但污染水源，还会把我们都送上军事法庭！"

"只要一颗小当量的核弹，况且巴音河是活水。上头要你控制并加以研究利用，那是因为他们不了解情况，只要认真权衡利害关系，我相信你的上级也会支持我的说法。即使真的被送上军事法庭，我也在所不惜！"

"以你的说法，那史前人类为什么不直接在一百万年前，或者是八千年前就在这里来一次核爆？他们完全有这个能力。"

"一百万年前，那是因为当时地球上已经布满了'坏种子'的分支，情况已经不受控制，若是在全球范围内那样做只会毁了地球，而八千年前，那是因为他们在这里发现了新人类文明的萌芽！"

"'两害相权取其轻'，我想史前人类不会不明白这个道理。"

"我想，你低估了感情因素在其中所起的作用！这里毕竟是他们的

183

故乡，我们毕竟是他们的孩子！"

"你这些全都是猜测，根本没有根据！"

"那你所谓的'七成把握'又有什么根据呢？"

…………

沉默半晌，梁应物站了起来，以双手撑住桌子，向前探出半个身体，道：

"看来我们谁都不能说服谁了？"

"看来是这样。"我说。

"但你别忘了，我是这里的负责人，这里还是我说了算！"——软硬兼施，梁应物终于有点像个官僚了。

第九章

软禁

Chapter 9

我回想起三十分钟前梁应物向着卫兵说这话时的表情：

"带这位先生和这位小姐去三号帐篷，小心照顾，保证他们的饮食起居与人身安全，没收他们身上所有的通信设备，派人二十四小时看护，不得让他们在帐篷外活动，也不允许任何人与他们接触。这一命令即刻生效，直到我们全体撤离为止，你替我传达到整个营地。"

疲倦涌上全身。没想到我们两个老同学在出生入死后的又一次重逢，竟然会搞成这个样子。

我和叶瞳携带的笔记本电脑、数码相机、手机、微型对讲机，甚至收音机、Discman和纸笔都被没收了。

如你所知，我们被软禁了。

"请给我们拿两瓶水来可以吗？"这时我才发觉，刚才激烈的争辩已令我口干舌燥。

卫兵为我们拿来了两瓶纯净水。

喝过水之后，我越发困倦，干脆躺上了帐篷中的一张钢丝床，不愿再去想这件事。

"那多。"

我转过头，叶瞳正睁着大眼睛盯着我，她的长发从右颊垂下来，

遮住她的半张脸，另半张脸上除了一对似乎总也不肯闭上的大眼睛，就几乎被黑眼圈占据了，然而那黑眼圈一点儿也不吓人，反倒有些妩媚。

"干什么？"我慵懒地应道。

"精彩！真是精彩！老听说你平时在单位里呆呆的，不讨人喜欢，没想到你口才那么好呀！"

"口才好有什么用？现在还不是连人身自由都没有？"

"这是绑架，我会去告他的！"叶瞳恨恨地道。

"我们的处境根本不重要。"我摇摇头，"这件事你怎么看？"

"我支持你！那多，那个梁应物，什么东西嘛！一副自高自大、目空一切的样子，看到就讨厌！你数数看，我们遇到他以来，我一共对他说过几句话？"

"呵呵，其实他为人还是不错的，只是处事过于认真，又喜欢以他自己的理论去说服别人。"

"他会为他的刚愎自用付出代价的！"

我望着叶瞳，那种不太好的预感又浮上心头。

"希望你这句话不要在这次事件中实现。"

"我们现在该怎么办？"

"怎么办？"我扮了个牵强的微笑道："睡觉！"

同一日，入夜。

我醒来的时候，帐篷中没有开灯，叶瞳仍和衣躺在床上，当我起身要去开灯的时候，忽然发现叶瞳并没有睡，睁着双眼只是呆呆地望着我出神。

第九章 / 软禁

我吓了一跳。打开灯,她依旧没什么反应。

"喂!"我过去拍拍她的头。

"啊?"她转过头,有些失魂落魄地应道——如果是在平常,她一定会立即跳起来对着我大吼:"你干吗拍我的头?"

当她转过脸时,我见到她的黑眼圈更深了。

床头柜上摆着两盆早已冷透的饭菜,分毫未动。

营地里人们忙碌的声音被帐篷过滤为一种背景声响,仿佛是被整个世界遗忘的角落。

气氛变得有些古怪。

于是我也将脑袋斜过来,与叶瞳四目对视。

终于她说:"你看着我干什么?"

"那你看着我干什么?"我笑着反问。

于是她闭上眼睛,道:"我没看你。"

"你没事吧?"

"没事。"

"你在担心什么?"

"没有。"

"也是,现在已经没有什么事可让我们去担心的了。你什么时候醒的?"

"白天。"

"不吃点饭吗?"

"减肥。"

我端起饭菜,将一口饭与半块大排塞进嘴里,用一种含混不清的语调道:

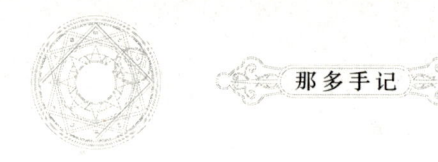

"你干吗装酷?"

她忽然坐起身来,将散乱的长发捋到脑后,然后盯着我。

我的嘴里塞满了饭和肉,根本无法挤出一丁点儿笑容给她看。

她忽然以很认真的态度问道:"那多,你认识梁应物有多久了?"

下午三点三十分。

手表的闹铃准时响起,令我不得不放下笔,暂时从回忆中脱出身来。

虽然我不再头晕和发低烧,但我仍然需要坚持吃一年半的药,以增强身体的免疫力和造血机能。

从青海回来后,梁应物、我与叶瞳均不同程度地出现了头晕、乏力、恶心、低烧以及白细胞下降的症状。在梁应物的安排下,我们一同住进了华山医院进行了半个月的放射病康复治疗。

B大校园,第一教学楼。

我远远地听见梁应物与学生争论不休,而最后收场的那一句令我感到有些耳熟:

"你别忘了,我是这门课的老师,这里还是我说了算!"

然后下课铃声响起。

我在门口微笑着看着他,他将那本薄薄的讲义卷成一卷,向我打了个招呼:"嗨!那多,你很准时啊。走,吃饭去。"

B大北门口的小饭馆。

我和他大嚼着蚝油牛肉和椒盐排条,喝着啤酒,就像大学时那样。

"飞船怎么样?"

"已经在当地建立了秘密的实验室,研究进行得很顺利,不过具体

第九章 / 软禁

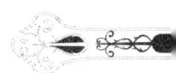

情况我也不太清楚,你知道,我的研究对象是地外生命。"

"那'母体'呢?"

"我也不太清楚,但好像最近几个星期都没什么异动,我已经被调离了。现在我只能回来教教书,跟大学生讲讲氨基酸和条件反射。"

"对不起。"

"呵呵,其实该说对不起的是我。事后我想得很清楚,你的观点是正确的,我们应该为我们所做的事感到自豪,而不是感到后悔!"他一边夹起一片牛肉,一边说出这样大义凛然的话。

两个小时前,也就是四点三十分,我打电话给梁应物,约好傍晚在B大他上课的教室门口见面。

至于我为什么要去找他,我对自己的解释是一次正经的、没有其他任何目的的同学聚会,然而若是要追究,虽然我们的生活已经渐渐恢复正常,但我最终仍不得不承认我心中对于"坏种子"事件仍然有所担忧。

"怎么不见你和叶瞳一起来?她现在怎么样?"梁应物问道。

"呵呵,我也不知道她最近如何,自从出院后就没再联系过。"

"哈!不会吧,我还以为你们是患难见真情呢!"

"我看是你自己想见她吧?我抄给你手机号码好了。"

"你少来,我已经够头痛的了!"

…………

晚上,当我半躺在床上阅读我写下的《那多手记》时,忽然想到是否要打个电话给叶瞳,最终我还是放弃了这个想法。毕竟在"坏种子"事件的影响渐渐淡去时,我们谁都不愿再提起这一段令我们寝食难安的经历。

189

然而未完的记述仍要写下去，虽然那可能在未来的某一天令我们陷入危险的境地。

让我们再次把时间推回到一年零一个月又十四天之前。

飞船发现现场，营地中，三号帐篷。

"你认识梁应物有多久了？"

"让我算算。"我一边嚼着饭菜道，"从高中开始，三年加四年加……得有十三四年了吧。"

"你了解他吗？"

"从前我算是最了解他的，现在说不准，但他变化不大，还是老样子。"

"你认为他算是你的朋友吗？"

"当然。"她的问题有些奇怪。

"那么，他处事谨慎吗？"

"相当谨慎！"我道，"你到底想知道什么？"

"我只是想知道……"叶瞳的脸色有些发白，这令她脸上的黑眼圈更为明显，"新石器时代的遗址、史前文明遗留的飞船以及'母体'，无论哪一件都是尖端机密，为什么他会让我们两个与'X机构'毫无关系的人知道得如此详细呢？"

我开始知道她在担心什么了。

"呵呵，或许他真的需要我们的帮助。"

"你真的这样认为吗？他得到了羊皮卷之后，我们就毫无利用价值了。"

"你别傻了，有那么多人见到我们和他在一起，会出什么事呢？"

第九章 / 软禁

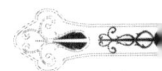

"那些工作人员不是隶属'X 机构'就是军方秘密部门,你认为他们都是很有同情心的人吗?你知道,要让两个像我们这样的记者在戈壁滩中失踪是很容易的事!"

我停止了咀嚼,一点一点地将口中的饭与大排的混合物咽下去,然后以清晰的语调郑重地对叶瞳说:"梁应物是我朋友,我信任他,他不会做出对我们不利的事情!"

"但愿我只是瞎猜。"叶瞳适时地收起了她那副紧张的表情,嘴角挂了个笑容,这多少令她的脸上有了些生气。

"吃点饭吧,大排味道还不错。"我举起手中的菜盆。

…………

在度过了两天无所事事又失去自由的生活之后,我和叶瞳尝到了做囚徒的滋味。难以想象那些要蹲十几二十年监狱的犯人是怎样熬过那段岁月的——或许正如《肖申克的救赎》中所说的——"他们都被格式化了"。

叶瞳开始大声抱怨,辱骂警卫,问候梁应物的妈妈,以及说其他一些女孩子难以说出口的粗口。有一次她甚至试图袭击并劫持给我们送饭的工作人员——真不知她怎么想的,一天前她还怕被梁应物灭口怕得要命。

她是女人善变最好的例证。

好在这种情况并没有持续多久。

第四天刚吃过早饭,工作人员就急匆匆地通知我们,立即去指挥部所在的一号帐篷,梁应物有急事找我。

在度过了三天被软禁的生活之后,我们终于可以迈出这该死的帐篷了。

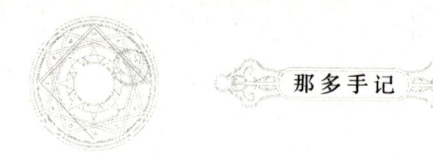

然而这种欣喜之情仅仅维持了一瞬间,等待我们的并不是什么好消息。

在一号帐篷外,我似乎听到里面有人在激烈地争论,当我和叶瞳走进一号帐篷的时候,梁应物、老贺,另一个我不知姓名的指挥者与其他三个研究人员同时沉默了下来。

梁应物与其他几个人低语了几句,我隐约听到"他们是我的朋友……"之类,那种言辞令我愤怒,我从未忘记朋友之道,他给我们的却是软禁的待遇。

其他几人都走出了帐篷。

梁应物、叶瞳和我,帐篷中又只剩下了我们三人。

叶瞳几乎愤怒地要冲上去给梁应物一个耳光,然而我们都还没有忘记这里"究竟由谁说了算"——似乎事件又有了变故,而且是不太好的变故。梁应物已经全没了四天前咄咄逼人的气势,变得有些憔悴。

他做了个"请"的手势,示意我们坐下。

"对不起。"梁应物道,我第一次听见他的声音是如此有气无力,"我想,我必须向你们表示道歉,那多你是对的,我的估计完全错误。"

"发生什么事了?"我问道。

"'母体'再次失去了控制,它的富集能力已经增强到了原先水平的一百二十倍,并且仍在上升,我们根本无法保持对它长时间的放射性照射。在那个岩洞中,'核'对金属尤其是铁的富集能力强得惊人,只有两小时,一台伽马射线发生器就报废了。现在托素湖中已经有大量的暗红色絮状沉淀物出现,那是氢氧化铁。克鲁克湖也受到波及,湖中的生物开始大量死亡。刚才我还接到报告,说德令哈农场也发现了农作物枯死现象,整个戈壁滩的金属与金属盐都在向这里集中!"

第九章 / 软禁

"……"

"最糟的是,'母体'它在分裂!"

"你说什么?"我几乎从椅子上跳起来。

"它在分裂。那多,分支在向四面八方伸展,脱离'母体',成为独立的个体,它在繁殖!"

"'汝辈后人,当遵此谕,若有违者,土则非土,家则亡家……'"我慢慢地坐回椅子上。

"现在你说什么都好。"梁应物看上去有种说不出的疲倦。

"那你找我们来干什么?"叶瞳厉声说。

"我不知道。"梁应物摇着头,"我的第一个念头就是让你们恢复自由,我必须弥补我造成的不便。对不起,我现在脑子里很乱。"

"梁应物,你不是容易放弃的人!"

"是的,我不是。"梁应物喃喃地道。

"我们还有机会!"

他忽然抬起头,盯着我。

"那太危险了……况且我根本没有决定的权力。"

"你必须冒这个险!"我冲上去抓住他的肩膀,"等死可不是你的作风!"

当他涣散的眼神重新凝聚的时候,我知道他已经下了决心。

第十章

神秘消失的族人

Chapter 10

计划很快就产生了。

由于对梁应物来说这是严重的越权行动，他有可能因渎职罪被判终身监禁，甚至死刑，所以一切都要在绝密的状态下进行。

对于白公山的放射性照射不会停止，而我们需要造一个大约相当于在广岛爆炸的原子弹十分之一当量的小当量核弹，并把它在"母体"的"核"旁边引爆。而在爆炸后，白公山将会完全被摧毁。

"由于大当量长时间的放射性照射引起的'母体'中所含有的不明物质的爆炸。"——我们连推脱的借口都想好了，这虽然是我想出来的说辞，然而由梁应物的口中说出来，就由不得你不信。

"虽然我可以借开山用的定时炸弹来改装，但这可不是个简单的活，你知道，我的机械和电子技术只是过得去而已，我需要二十四小时的时间，而在这二十四小时之内，那多，我要你做一件事。"

"什么？"

梁应物拿出最后一张画着白公山内部详细地图的羊皮道："由于对于白公山的放射性照射将会持续，在如此强的放射性照射下，我们即

第十章 / 神秘消失的族人

使穿着防辐射服也只能支持二十分钟的时间，这二十分钟包括进洞、放置炸弹以及退出来开车离开那里，所以我要你在二十四小时之内将这张地图烂熟于心，并且有把握在八分钟之内把我们带到目的地。"梁应物严肃地道。

"没问题。"我道，"你知道，记东西和找路都是我的强项！"

"那我呢？我需要做什么？"叶瞳问道。

"你留在这里，等我们回来。"我道。

"你休想！"她在我耳边吼叫。

"你不能去，那太危险了，稍有闪失就会把命送掉，我们根本分不出精力来照顾你！"梁应物道。

"我根本不需要你们照顾！况且我可以和那多一起记地图，两个人记总比一个人保险！"

"别耍小孩子脾气了，这不是在玩游戏！"我有些恼怒了。

"你别忘了，是我带你来这个地方的！我才是'神'选出来的'降魔勇士'！"叶瞳依然不依不饶。

"好吧。别再浪费时间了，你和那多一起记地图，记住，我们只有二十分钟！"

在定时器、引信、钚-239和其他所需要的材料和工具都一切就绪后，时间已经过去了近四个小时。我与叶瞳一刻不停地记忆着地图上复杂的图形，并相互印证，同时我们还必须回忆当时在岩洞中的情形，估计大概的距离，以计算我们必须保持的速率的下限。

饥饿与疲劳此时被抛诸脑后。

梁应物也开始了他近二十小时不眠不休的工作，其间他还需要不

断抽出时间来应付来访者，装出若无其事的样子，关注"母体"的最新动向——哈佛与斯坦福双博士的天才在这一时刻尽现无遗，所有与他有关的事情都在有条不紊地进行着。

营地中的科学家仍在不断努力，试图从史前文明所遗留下的飞船遗迹中找到解决问题的方法，然而一切努力都是徒劳的。

二十四小时过得飞快。

我们所面对的是，生命力顽强到几乎接近不死的传说中的生物，而我们要用最具毁灭性的武器去杀死它。如果你看过《独立日》或《地球末日》，或类似的好莱坞大片，你就可以很容易了解我们当时所处的境况。不同的是，我、叶瞳和梁应物是孤独的，我们背后没有整个人类世界的声援，我们的计划也没有经过超级计算机周密的认证，我们是这场拯救地球游戏中唯一的主角。

我知道，这叫作别无选择、孤注一掷。

时间开始变得冷酷无情。

不断有坏消息传来。

农作物的死亡数量不断上升，这已经造成了德令哈农场方面的恐慌，并开始怀疑与所谓的"孪生湖勘探研究"有关。西北防护林方面也有动植物异常的消息传来，方圆一公里范围内土壤中的金属含量已经超出正常值七百倍，甚至用肉眼也可以看出我们脚下的土地颜色的改变，"母体"富集能力的数据此时已经没有任何意义——如果这一切不能在短时间内得到抑制，梁应物将不得不面对向地区政府解释的窘境，即使能够得到政府的支持，"X机构"也必将被揭去它的神

第十章 / 神秘消失的族人

秘身份。

最糟的是,干冰与液氮的投放对于抑制和杀死"母体"的繁殖体只是杯水车薪,收效甚微。

唯一能令人振奋的消息是,梁应物的核弹比预期提早一小时完成了。

他的眼眶因连续二十四小时不眠不休的高强度工作而陷了下去,而唇色也变得苍白,这令他线条刚硬的脸看上去多少有些恐怖。

然而由他的眼神可以看出,他依旧保持着或者说尽最大努力保持着冷静、清醒的状态。

"你们都准备好了吗?"他的声音很微弱——我们都不想在谈话上浪费太多的精力。

"好了!"叶瞳坚定地道。

于是,他将小型的核弹装在一个外部是防辐射塑料、内层包铅的箱子中。

在每人吃了两块压缩饼干、喝了一点水后,我们再次穿上防辐射服,将自己打扮得像个救世主。

一辆配备 V8 发动机、动力强劲的大切诺基,在戈壁滩中画出一条笔直而乏味的线,直奔白公山而去。

一路上我们一言不发,气氛就如同这个大戈壁一般坚硬。

梁应物全神贯注地开着车,行进时速维持在一百一十公里。梁应物相信以他的驾驶技术和应变能力,保持这一速度能应付一切突发事件。

一路上都很平稳,唯有辐射仪的指数在不断上升。

有梁应物在，一切关卡通行无阻。

我们很快就看到了架在白公山山脚的伽马射线发生器。

而白公山已经从数天前的土黄色变成了深棕色。

我们迅速从车上下来。

"对表！"梁应物道。

三人的防辐射服上的计时器同时由 10:20 a.m. 跳到了 10:21 a.m.。

我们对望一眼，阳光明媚，透过厚厚的铅玻璃面罩，谁也看不清对方的脸。

三只毫无二致的、包着黄色防辐射服的右手搭在了一起，梁应物用力向下一按：

"上苍保佑我们！开始行动！"

由我领路，梁应物提着箱子走在中间，叶瞳殿后，我们快步向洞中奔去。

洞中已与我们上次造访的时候大不相同，为了运送伽马射线发生器，洞中狭窄的路段已经被拓宽，四壁上也以高强度塑料梁加固，防止塌陷，路变得十分好走，我们几乎可以一直跑步前进。

然而越接近中心的岩洞，阻挡我们前进的铁管就越多，纵横交叉的铁管令我很难在第一时间判别方向，我们的速度慢了下来。

我努力以最快的速度判别正确的路，身后不时听到梁应物低声的催促：

"快！快！快！我们已经慢了！"

好在叶瞳与我同时记忆的地图，在我犹豫的时候，她总是能够及时指出方向。

第十章 / 神秘消失的族人

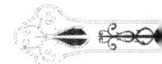

九分十二秒后,我们到达了中央的岩洞。

幸运的是,这里已经装置了一架绳梯,我们可以毫不费力地迅速下到岩洞的底部。

那种骇人的生命力再次压迫着我的神经,我们不断倾听着自己愈加粗重的呼吸声,叶瞳开始表现出轻微的不知所措,而我的思维也开始变得有些混乱。

此时,梁应物表现得就像个精神受过特殊训练的特工人员——我相信这一点——而不仅仅是一个科学家。他动作干净利落地打开箱子,取出核弹,用铆钉枪和特制的塑料铆钉将核弹的四个角钉在岩壁上,一边做着这些,一边冷静地道:"那多,你带叶瞳先离开这里,我会赶上你们的。"

"放你的屁!"我大叫,"要走一起走,我和叶瞳走了,谁来给你带路?"

他不再说什么,打开核弹的控制板,开始设定时间。

我不断地看着计时器,浑身都已经被冷汗浸透,如坠冰窟。整个安装过程持续了二分二十秒,在"哔"的一声轻响后,梁应物锁上控制板,大声叫道:"快,我们离开这里!"

我拖着叶瞳的手,在通道中没命地奔跑,羊皮卷上的地图本能般地在我脑中展开,头盔顶部的灯光照亮眼前三米的距离,洞中的景物迅速地向后退,由头盔的铅玻璃看到的景象,就如同一场异常真实的虚拟幻境,一个第一人称视角的逃亡游戏。

我不时回头看看,梁应物紧紧跟在我们身后。

A.M. 10:38:50。我们准时退出白公山山洞。

我们以最快速度跳上吉普车,梁应物大声喊道:"系好安全带!"

V8发动机在极短的时间之内将车子加速到二百公里/每小时,我和叶瞳被加速度紧紧压在座位的靠背上,车两旁扬起的尘土令窗外的景物只剩下模糊的影子。

当我们看到第一个关卡时,梁应物降低了车速。

这里已经是安全范围。

然而我们都没有勇气回头看将在十分钟之内被摧毁的白公山。

切诺基绝尘而去。

在脱下压得我喘不过气的防辐射服之后,我忽然感到一阵头晕恶心,叶瞳终于忍不住,"哇"的一声将出发前吃的东西全吐了出来。

梁应物扶我们两人坐下,从药箱中找出三粒胶囊,给我们一人一片:"这是抗辐射剂,快吃了它。"

那个戴眼镜的中年科学家忽然冲进来,也不顾我们的存在,焦急地道:"梁博士,你去哪儿了?我们四处找你,正等你开会呢!"

"我去了趟白公山,了解一下实地情况。"虽然他满头大汗,脸色愈加苍白,语调仍是很平稳。

"你知道,局面已经失控了,我们正准备开会讨论向中央请求支援,摧毁那个东西!"

梁应物面无表情地点了点头。

我和叶瞳作为之前文明飞船的发现者列席了这场会议——这是梁应物一再坚持的结果,当然我猜想我的特殊身份可能也不无作用。

事实上,我和叶瞳并不在意他们讨论的内容,我们始终都关注着

第十章 / 神秘消失的族人

这里与白公山观察站的联系——照理来说,白公山中的核弹应该于二十多分钟前爆炸了。

虽然是小型量的核弹,但我们也应该感受到核弹爆炸的震动。可是为什么没有,我非常小心地感觉着地面,一丝震动也没有。

梁应物眉头紧锁,对于会议,他显然有些心不在焉。

难道说核弹没有爆?梁应物的土法制核弹失败了?

"没有任何异动,山的土色比三天前进一步加深,露在山外的铁管似乎已经停止生长,转而向地下发展……等等……异常!金属吸收力测定发现异常!吸收力……吸收力……"一旁紧盯着仪器的监测员脸色苍白。

"怎么了?"梁应物一下子站起来大吼。

"对金属的吸收速度再次上升,现在已经比半分钟前增强20%、30%了,已经到30%了,增幅还在上升。"

会议室中忽然一片寂静,仿佛所有人都在同一时间被夺去了舌头。人们面面相觑。

只有监察员干涩的声音不停报出令人惊恐的数字。

"100%。"

"150%。"

"200%。"

十分钟后,监察员抹了一把额上的汗珠:"增幅趋于平缓,现在每分钟的增幅大约是,大约是……"

"是多少?"老贺发青的嘴唇里艰难地发出问话。

"47.857%。"

天哪，竟然每分钟暴涨近五成的金属吸收力。

"所有人员迅速撤离。"老贺当即下了决定。

是对核弹的报复吗？撤的话，撤到哪里，以现在的速度，吞噬掉整个国家，不，整个地球都指日可待了，还有哪里可以逃？

所有人用最快的速度整理行装，一些笨重的器材甚至来不及带走。我可以很明显地感觉到自己的无力感，在之前，就是在核心都没有这样的感觉，好像我的生命力正源源不断地被黑洞吸收掉。

我向切诺基跑去，脚下忽然一软，摔倒在地。这不是因为双腿无力，而是因为地面传来了剧烈的震动。

我趴在地上，全身的力量都被抽掉了。这是核爆吗，直到现在才爆？

又或者，这是"母体"的愤怒，她在展示力量！

这场突如其来的震动持续了大约三十秒钟，才渐渐减弱。

我爬起来，就听见一个声音突然叫起来："金属吸收力正在下降。"正是那个监察员，声音里满是大难不死的惊喜："急速下降，这是怎么回事？"

没有人回答，只有他的声音在回荡。

"还在降，恢复到半小时前水平。"

"恢复到三天前水平！"

"低过警界线了！"

"金属吸收力回到建站时原始水准，还在急速下降。"

"微弱。再降下去就……已经监测不到了！金属吸收力已经监测不到了，消失了……"

第十章 / 神秘消失的族人

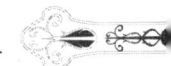

"竟然消失了？"我喃喃地说。

"我们得去看一看。一定发生了什么事情。"梁应物说。

白公山依然分毫无损地矗立在我们面前，一如它跨越千万年的岁月，它也将继续在柴达木中存在千万年。

近三十个人穿着笨重的、黄色的防辐射服鱼贯走进洞中，这场面看上去多少有些滑稽。

梁应物、我和叶瞳走在最前面带路。"母体"的金属吸收力莫名地消失，经过一番考虑，老贺决定让我们带队，来这里看一看。

第四次拜访，白公山山腹当中错综复杂的通道恐怖之色已经退去，当接近中央洞穴时，我发现那些用来支撑岩壁的高强度抗辐射塑料已经完全熔化——那颗核弹确实爆炸了，但我们居然一点都没感觉到，连仪器都未检测到，这就是这种生物的力量吗？

半小时后，二十七支25瓦的盔顶灯将白公山中央的洞穴照得灯火通明，然而这里已经变得空无一物。

所有包围着"母体"的分支已经全部消失，洞壁上覆盖着一层银红相间的金属层，想必是核弹爆炸时熔化的金属粘在了岩壁上。我猜想，正是由于这些密集的金属承受了核爆的大部分能量，使白公山逃过了被摧毁的厄运。

而在洞的中央，原先"母体"所在的位置，留下了一个半径约二三十米、深不见底的洞穴。

"原来是跑了。"旁边一个研究人员说。话中带着长出一口气的庆幸。

金属吸收力的减弱，原来是因为"母体"的远离造成的。她往

地下去了。

那场我们都没感觉到的核爆,看来真的给了她巨大伤害。

我靠近地洞,探头往下看的时候,一种微弱却顽强的力量再次触动了我的神经,我站在洞口,呆呆地望着洞中的黑暗出神。

她果然还活着。

"看来我们不必再开什么会了。"梁应物道,"'母体'已经消失了,据我的初步推断,它在长时间、高强度的放射性照射下部分物质起了反应,自行爆炸了。"

老贺道:"除了观察站必要的人员外,所有研究人员撤出白公山,观察站继续严密观察并报告数据。"

"唐教授,麻烦你在最短的时间内尽量消除这里的放射,在山外部辐射量降低到对人畜无害的程度之前,继续封锁这里。"

在回营地的路上,我暗暗地对梁应物说:

"你在说什么胡话!她明明还活着!"

"我知道。"梁应物说。

"她去地心了,我忽然想起来,地心有大量的金属!她会在那里变成什么样子?"我说。

"天知道。"梁应物耸耸肩,"只是我的想法和你有些不同。几百万年过去,我想它成熟了,就像成熟的果子要掉到地上一样,它终于有了足够的力量钻入地下,或许我们的核爆提供了它最后的能量。真是可笑,如果它早一点成熟的话,我们的祖先也就不用放弃地球了吧。"

"希望你是对的,她是落叶归根了。否则终有一天,她会恢复元气,重新从地心钻出来!"

第十章 / 神秘消失的族人

我回到上海不久,就得知梁应物因为"指挥失误,造成巨大经济损失"而被调离了托素湖研究站。但由于史前文明飞船的发现,他算是功过相抵,并没有受到什么处分,继续回到上海的 B 大担任生命科学学院的老师。

"X 机构"在飞船遗址处以飞船为中心建造了一个高度机密的研究基地,在这一年之中,我国的载人航天技术突飞猛进,令世界为之侧目。

而对于白公山的封锁,也在我们离开后不久解除了,和"母体"相隔了"千山万水"的"分支"在来年冬天死于大戈壁的严寒之中,长埋于地下。

说到德米尔希人的祖先,他们因为贪图制取铁器的方便而违背了"神谕",以至于家园败落,流离失所,流落成为游牧民族,这从羊皮卷以及克鲁克湖古村落遗址中所发现的铁器都可以得到验证——然而叶瞳始终不承认这一点,因此我们在回来的火车上吵翻了,她足足有两个月没有和我联系——当然这并不能掩盖叶瞳的族人为人类的生存环境所做出的巨大贡献。

我们在回上海之前曾在德令哈与其近郊四处寻找叶瞳的族人们的踪影,然而这个神秘的民族竟然就从此杳无音讯,再没人碰见过他们,仿佛他们从来都只是传说中的人物,未曾真实地存在过——他们举行仪式的老屋已经空无一物,地下室中的神龛也不见了"神盒"的踪迹,连天井中篝火的灰烬也都已经被风沙吹尽。那场庄严的祭祀、奶奶那布满皱纹与斑点的脸,仿佛都只在梦中出现过,叶瞳曾为此伤

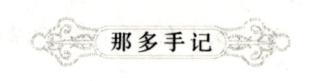

感不已。

  我们也问了一些当地人，他们无一例外地不愿提及和"德米尔希"族有关的只言片语。我们很想告诉他们，有关"妖山"与"地狱看门人"的传说应该终结了，然而我们并没那么做。

  由此，羊皮卷上永远不能再回到族中的警示更像是个诅咒。

  最后，在回上海之前，梁应物和我们所说的话令我和叶瞳印象深刻："你们都已经做了多年的新闻工作，应该知道该怎么做。我想保持沉默是最好的方法，当然，我是不会对你们做出什么不利的举动的。"

  这句话令叶瞳最终还是认为他与间谍片中动辄灭口的特工是一类人。

尾声

当写完这些文字的时候,那些一小时前还清晰逼人的记忆仿佛一下子又都成了遥远的回忆。

我将大沓的新闻纸与叶瞳送给我的第一张和最后一张羊皮都夹在了我的记事本中,将它们亲手塞进随身带的皮包或锁进办公桌的抽屉中。幸运的是,在这样一个迷宫般的巨大办公室中,没有谁会注意到我在写什么。所有的真相都将湮没在主流媒体那些浩如烟海却无关痛痒的文字中。我的《那多手记》也一样。

我站起身来,伸了个懒腰,鼻中立时涌入一股令我厌恶的烟味。

这个四平八稳的房间就在我眼前铺开。与羊皮卷不同,它并没有什么可发掘的秘密,有时我羡慕它的平凡,有时我又厌恶它的乏味。

无论如何,我想我这辈子都不会再踏足青海那片土地了。

这个故事——我称它为"故事",并不表明它是不真实的,恰恰相反,它已经真实到了传奇的地步——应该到此为止了。

就在我以为终于可以解开心中的郁结、轻松一下的时候,那该死的、藏身于我办公桌上杂物深处的电话再次响起:"那多,好久没联

系啦，你身体好点了没？我和朋友约好下星期出发去西藏，你一起去吗？"——叶瞳的声音。

还记得吗？我对你说过，好奇心是一种极其有害的情绪……

那多

2003 年

图书在版编目（CIP）数据

铁牛重现 . 坏种子 / 那多著 . -- 北京：北京联合出版公司，2020.5
ISBN 978-7-5596-4105-2

Ⅰ . ①铁… Ⅱ . ①那… Ⅲ . ①幻想小说－中国－当代 Ⅳ . ① I247.5

中国版本图书馆 CIP 数据核字（2020）第 055521 号

铁牛重现·坏种子

作　　者：那　多
责任编辑：牛炜征
出版监制：柯利明　吴　铭
总 策 划：张应娜
特约编辑：李沙沙　赵艳林
营销推广：陈　慧
封面设计：辰星书装

北京联合出版公司出版
（北京市西城区德外大街 83 号楼 9 层　100088）
三河市双升印务有限公司印刷　新华书店经销
字数 161 千字　880 毫米 ×1230 毫米　1/32　7 印张
2020 年 5 月第 1 版　2020 年 5 月第 1 次印刷
ISBN 978-7-5596-4105-2
定价：39.80 元

版权所有，侵权必究
未经许可，不得以任何方式复制或抄袭本书部分或全部内容
本书若有质量问题，请与本公司图书销售中心联系调换。电话：（010）64258472-800